LIGHT & SALT

きみの瞳《め》が問いかけている

沢木まひろ

登米裕一 脚本

宝島社
文庫

宝島社

きみの瞳《め》が問いかけている

生ぬるい風が吹いた。

広げた地図にぽつんと染みができたかと思うと、あっという間にびしゃびしゃになった。見あげた空が暗い。どうやら本降りになりそうだ。

マジか。道がわからない上に雨って。

地図を閉じて、俺は走りだした。


管理人室の前に、採用の担当者らしき人が立っていた。

全速力で走っても十分遅れだ。息を切らしながら謝りかけたら、

「遅れるなら電話しろよ」

いきなり怒られた。

「……すみません、携帯持ってなくて」

「はあ?」

ほんとに持ってないのだ。だから簡単に連絡できないし、紙の地図を見なきゃならない。

「まあいいや。こっち」

顎をしゃくって担当者は歩きだした。

「勤務時間は平日の五時から十一時。済んだら巡回だけしてくれればいいから」

歩きながら説明され、連れていかれた先は宿直室だった。古くて狭い部屋の中に、生活用品がごちゃごちゃと置いてある。

「適当に使って。前に住んでたじいさんのだけど」

「じいさん……」

「急に辞められて困ってたんだよ」

そこらに散らばったゴミを、担当者は靴の先で払いのけた。

「ずっと音信不通だった娘から突然電話がきたんだって。お金が要《い》るのー、お父さん助けてー」

「……」

「いや詐欺でしょ。いかにも騙《だま》されそうなじいさんだったよ」

笑って担当者は壁のスイッチを押した。

薄暗い部屋は、電気が点《つ》いてもまだ薄暗かった。

「駐車場の管理人かあ、いいじゃない、楽そうで」

ハンドルを切りながら、金子《かねこ》さんが言った。

「楽なんですかね」

「だって座ってるだけでしょ。車が出入りするのに対応して、あとは見回り？　まあ事件とか事故とか起きたら話は別だろうけど」

「はあ」

「しっかし昼も夜も……なんでそんな働くの？　家でも買う気？」

リアクションに困って笑い返したところで、雑居ビルの前に到着した。俺は助手席から降りて注文書を確認し、荷台に積まれているステンレス製の樽《たる》を指定の数だけ担ぎ下ろした。

樽の中身は満タンの生ビールだ。こいつをビル内の居酒屋の前まで運んでいき、カラになった分を回収してくる。道に面した店なら楽勝だが、ここの場合は螺旋《らせん》階段を往復しなきゃならないので、けっこうな労働だし時間もかかる。

すべての作業を終えて車に戻ると、「慣れたねえ」と言われた。

「最初はぜえぜえ言ってたのに」

「そうっすね」

「でも気をつけてよ。ぎっくり腰、いっぺんやると癖になるから」

「ありがとうございます」

よっしゃ、と金子さんはエンジンをかけ、ふとこっちを向いた。

「あのさ、前から気になってたんだけど、それ、なんの傷?」

「はい?」

「けっこうでかいから。火傷《やけど》?」

視線が俺の左手にあてられていた。俺は思わず右手で隠した。

「もしかしてタトゥー消したりした?」

「え……っと」

「俺彫ってんだ。ほら」

左の肩をめくってみせられた。

「あ、びっくりしてる。意外?」

「いや……」

「まあ、日本はそうだよね。見るとみんなエッて顔する」

「……」

「外国なら子供でも入れてんのになあ。不便だよ、プールも温泉もNGだし」

「……あの」

「ん?」

「消そうと思わなかったんですか」

「ああ、オレ痛いのダメだから。彫るときの数倍痛いんでしょ?」

金子さんは笑った。

「それに、これ入れたときのオレもオレかなーって。とくにいい思い出でもないんだけどね」

一瞬だけ見えた蝶々。鮮やかな青が目の裏に残っていた。

「さてと」金子さんはギアを入れた。「本日もうまいビールをどんどん配りますか」

はい、と俺は返事をした。

配達が終わり、いつものように日給を受け取った。左手の傷が結局なんなのかということを、金子さんは追及しないでおいてくれた。

駐車場の仕事はたしかに楽だった。入庫出庫は機械で処理され、そもそも夜なので出入り自体少ない。トラブルも初日の感じではまず起こりそうになく、これで金をもらうんじゃ申し訳ない気さえする。

管理人室には小さなポータブルテレビがあった。暇なので、ずっとつけっぱなしにしていた。もしかすると前の管理人——娘あるいは詐欺師の電話で辞めたじいさんの私物だったのかもしれない。

ぼんやり画面に目をやっていると、昼の疲れがじわじわ押し寄せてきた。

たまに考える。俺はなんのために働いてるんだろう。

ほとんどの人はたぶん、「自分のため」とか「家族のため」とか答えるんじゃないかと思う。いい生活がしたい。ローンを早く返したい。うまいものが食べたい。休みに海外旅行がしたい。仕事が生きがいだなんて人も、世間にはいるらしい。だけど俺は違う。いい生活っていうのがどんなものなのかよくわからないし、やりたいこともとくに思いつかない。生きがいを感じた経験なんか、生まれてこのかた一度もない。

じゃあ死にたいのかというとそうでもない。刃物を突きつけられたりしたら、やっぱり逃げようとするんだろう。生きてる限りは暮らしていかなきゃならないから、そのためには金が要るから、日銭を稼いでる。動物みたいなもんだ。目的も何もなく、ただ生命活動をしてるだけ。

突然、雨音が耳に入ってきた。

え、と見ると、開いたドアから女が入ってくるところだった。

「もう始まってる?」

挨拶もなしに言うと、女は俺の隣にすとんと座った。それから自分のバッグに手を突っこんだ。

「お饅頭《まんじゅう》と、みかんと……」

前を向いたまま、ひとつひとつ手で確かめるようにしながら取りだす。そしてこっちに渡してくる。動作がなんだか変だった。

「それからこれは――?」

女はカップのカフェオレを出し、渡すふりをしておいてから、ぱっと引っこめた。

「私の」

笑って机に置き、最後に弁当箱を出した。

「あと、いつものブサイクいなり。いっぱい食べてね」

変な動作の理由がわかった。目が見えないのだ。それで俺を前の管理人だと思いこんでる。

どうすりゃいいんだと思っているうち、女も気づいたようだった。動きを止め、鼻で息を吸いこんだ。

「あの」俺は言いかけた。

「誰!? ですか?」女は声を大きくした。「おじいさんは?」

「前の人は辞めました」

「だったらなんで受け取ったんですか?」

「……くれたから」

女は思いっきり気まずい顔になり、いちど渡した饅頭とみかんを俺の手から取り返した。

「いつも一緒にドラマ観《み》てたんです」せかせかとバッグに戻しながら言う。「おじいさん、まさか病気とか……」

「いや、家の事情? みたいな」

「……そうなんだ」

気まずい顔のままカフェオレと弁当箱もしまい終え、女は立ち上がった。「どうも失礼しました」と、子供みたいに言って出ていった。

歩いていく姿がガラス越しに見えた。

雨は強くなるばかりだった。屋根がなくなる手前で女は止まり、途方に暮れたように上を向いた。

その右手には傘じゃなく、白い杖が握られている。

……俺は管理人室から出た。そばまで行って声をかけた。

「あの」

女が振り返る。

「雨、降ってるし」

「………」

「観たいなら、どうぞ」

チャンネルを合わせたら、ちょうどオープニングの音楽が流れるところだった。

「これ！」

カフェオレにストローをさしていた女は、急いでテレビ前へ椅子を引き寄せた。至近距離に寄られて、俺は自分の椅子ごと隅までずれた。

ドラマは恋愛ものだった。

物語が始まると、女は画面に集中した。前のめりになり、男と女が見つめあって交わす会話に耳を傾ける。あんまり見るのも悪いかと思いながらも見てしまう。セリフを聞けばだいたいの筋はわかるだろうけど、そんな鑑賞のしかたでおもしろいのか、俺にはまるっきり想像がつかなかった。

なんとなく見続けていたら、遠くで雷が鳴った。その音に反応して女がこっちを向いた。

まともに視線が合った気がして、俺は慌ててうつむいた。見えないはずの彼女の両目は、信じられないほど澄んでいた。

数秒してから顔を上げると、女はもうドラマへ戻っていた。

年上だな。なんとなくそう思った。

彼女はドラマを観、俺は彼女を見ているうち、約一時間がすぐに過ぎた。

「ありがとうございました」

管理人室の外へ出た彼女がお辞儀をする。見えないひとであることをついまた忘れて、俺は黙ったままうなずいた。

「これ、よかったら食べてください。見た目はよくないと思うけど」

弁当箱を差しだされた。迷ったけれど、断るのもなんだか悪い。ありがたく受け取ることにした。

「そうそう、金木犀《きんもくせい》に水をやってくださいね。おじいさんも大切にしてたから」

顔が向けられたほうを見る。ドアの脇に置かれてる鉢植えのことだ。なんの植物だろうと思っていた。キンモクセイっていうのか。

「それじゃ」

笑顔を見せて、彼女は歩いていった。

コツ、コツ、コツ。白い杖の音が長いこと響いた。

雨はいつの間にか止んでいた。

ビルの水場を風呂がわりにした。水道にホースをつなぎ、全身をすすぐ。

俺が前の管理人でないことに気づいた瞬間、彼女は息を吸いこんだ。あれは臭いで判別しようとしたのだ。昼間ビールを運び続けてそのまま来た俺は、さぞ汗臭かったに違いない。まあ、今さら洗ったって意味ないんだけど。

頭を拭きながら宿直室へ入る。このところずっと漫画喫茶が宿代わりだった。汚い部屋だろうと身体を伸ばして寝られるのはありがたい。

そうだ飯もあるんだった。もらった弁当箱を開けてみた。

開けたとたん、ブサイクいなりというネーミングの意味が判明した。見えないんだからしかたないが、大きさがバラバラな上、油揚げから米粒がはみ出している。

大丈夫かこれ。口へ入れてみて、うまいのに驚いた。

もぐもぐ嚙《か》んで飲みこみ、もうひとつ口へ入れた。朝飯に残しておこうと思いながら、全部食べてしまった。

腹一杯になったところで、水場にジョウロがあったのを思いだした。

管理人室へ戻り、キンモクセイに水をやった。

＊

料理なんて、見えてたときはほとんどしてなかった。

普通の人よりは、やっぱり少しだけ手間がかかる。まずはフライパンの底に指を置き、油の量を確認する。スイッチを入れてしばし待機、そろそろかなというところでふちのあたりにさわってみる。スピード重視の炒めものなんかには向かないけれど、火傷するほど熱くならないのがＩＨの長所。菜箸で距離を測れば、卵はいい感じの位置にちゃんと落っこちてくれる。

視力を失うと、多くの人はまず希望も失う。私もそうだった。でも、年月が経つにつれてわかってきた。見えなくてもできることは意外に多い。

新人障碍《しょうがい》者の私たちには、長い歴史のなかで洗練され尽くしたノウハウが与えられている。覚えれば覚えるほど、見えない生活に早く慣れる。専用の道具だっていろいろ開発されているから、その気になればいくらでも変化に富んだ生活を送れるのだ。

「いただきまーす」

うん、今日も上出来。目玉焼きもトーストもおいしい。

料理がつくれて身支度ができて、仕事がある。私は自立している。足りないとすれば、「行ってきます」を言う相手がいないことくらいかな。

「行ってきます」

それでもそう声をかけ、玄関を出る。白い杖を頼りに長い階段を下りていく。

「で？　来てくれんの？　くれないの？」

「スタッフがお伺いする場合は、部品代の他に出張費が二千八百円かかりますが、よろしいでしょうか」

「金の話じゃなくてさ、今日じゅうに来れんのかって訊いてんだよ！」

商品を買ってくれたお客の疑問と不満、その他もろもろがいちばん最初にぶつけられる通販会社のカスタマーセンター。そこで私はオペレーターとして働いている。

「申し訳ありません。すぐに確認いたします」

相棒は、点字ディスプレイ付きのパソコンだ。この子の扱いにもすっかり慣れた。

「こちらのご住所ですと、お伺い可能なのが週明け月曜日になってしまいますが、いかがいたしましょう？」

「今日来れねえんなら意味ねぇっつってんだろ！　いっつもマニュアルどおりしゃべりやがってよー、もういいよ！」

「申し訳ありませんでした。今後このようなことがないように……」

ぶちっ。

「……もしもし？」

切れてる。ええー、と私はつぶやいた。

「気にすることないよ。今の人、常連クレーマーだから」

隣のブースから絵美《えみ》が話しかけてきた。彼女も私と同じ視覚障碍者だ。

「そうなの？」

「そう、クレーム言いたいがために買い物して電話してくんの」

なんだそれ、と笑ったとき、気配がした。不吉な予感にすくめた肩へ、手がのってきた。

ぞっとした。

「クレームではなく、お客様からの『お申し出』です」

主任の尾崎《おざき》さんだ。

「ありがたく拝聴し対処することが、我々の仕事ですよ」

耳もとで響く声。優しげなのがよけいに気持ち悪い。

尾崎さんは、何かにつけ私に構おうとする。この前の帰り際も、エレベーターホールで食事に誘われた。

約束があると言って断ったら、相手も見えない人か、見えない同士じゃ待ち合わせが大変だろう、などとバカにしたみたいに返された。私が障碍者だから気を遣ってくれているのかと、最初こそ思ったけど違った。障碍者だから断れないと見下しているのだ。

クレーマーよりこの人のほうが、よっぽど怖い。

手がやっと肩から離れた。ほっとした瞬間、今度は髪にさわられた。

……嫌ーっ！

「はーい」

絵美が返事をする。尾崎さんの行動は当然、彼女にはわからない。

……無視無視。完全無視。

言い聞かせて私は、仕事に戻った。

＊

手ぶらってわけにはいかないと考えた末、ドラッグストアでドリンク剤を買った。ジム前の道路に立つと、陣《じん》さんのでかい声が聞こえてきた。

「行け！　ほら、構えてるだけじゃ稽古になんねえだろ！　もっと腰入れる！　そうそう！　そう！　あーもう、ガードおせーよ！」

スパーリングだ。熱っぽい指導とグローブのぶつかる音が、びしばしと重なる。こみあげてくるものがあった。故郷のある人が故郷に帰ったら、こんな気持ちになったりするのかな。うっかり思ってしまって首を振る。

俺は帰ってきたんじゃない。謝りに来たのだ。

ドリンク剤入りの袋を持ちなおし、練習場へ入っていった。中では陣さんが熱い指導を続けている。

「こら、ビビんな！　おまえなあ、そんなんじゃいつまで経《た》っても……」

そこで陣さんはこっちを見た。いったんそらしかけた目を大きくし、二度見した。

「……あーっ！」

驚きと笑みが顔じゅうに広がった。

「会長！　会長っ!!」

奥のほうにいた大内《おおうち》会長が振り向いた。陣さんとは正反対に、その顔はたちまち険しくなった。

事務室に通してもらうと、頭を下げた。それだけでは全然足りないと思い、床に両膝をついた。

「陣さん、会長、すみませんでした」

会長は答えなかった。

「いいんだよー全然」陣さんがとりなしてくれる。「お、うまいなこれ。何、タウリン3000mg入り？　どうです、会長も一本」

「どのツラ下げて戻ってきた」被せるように会長が言った。

「まあまあ。ね、昔の話じゃないっすか」

「昔の話だ!?」会長は怒鳴った。「どの口が言ってる！　こいつを拾ってまっとうな生活をさせてやったのは誰だ。チャンピオンにするために手塩にかけて指導してやったのは！　おまえだろうが、陣！」

陣さんは黙った。

「ふざけるな、今さらのこのこ戻ってきてんじゃねえ！」

椅子を蹴るようにして会長は出ていった。

頭を下げたまま、俺は唇を噛んだ。会長の言うとおりだ。恩を仇《あだ》で返すような真似《まね》をした自分には、謝らせてもらう資格すらないのかもしれない。

陣さんがそっと俺の背中をたたいた。

「心、入れかえたんだよな?」

わからない。心って入れかえられるものなんだろうか。

「そんな顔すんな。これからだよこれから！」

俺を床から立たせると、陣さんは練習場へ引っ張っていった。

「はい注目！」

鳴り響いていた音が止んだ。視線が一斉に向けられたのを感じて、居たたまれなくなる。

「知らない奴《やつ》もいるよな、紹介するわ、おまえらの大先輩……」

「陣さん、俺、謝りに来ただけなんで」

視線という視線の温度が低い。ろくでもない野郎だってことは、説明しなくてもわかるんだろう。

そこに会長が戻ってきた。俺の目の前まで来て、グローブを突きつけた。

俺は思わず受け取ってしまった。

「バンテージ巻け。間に合うかどうか見てやる」

手の中のグローブを見つめた。重さと手ざわりに、疼《うず》くような懐かしさがまたこみあげる。

「よかったじゃん。早く支度しろ！」嬉《うれ》しそうに陣さんが言う。

心が揺れた。本当にありがたかった。

でも、だめなのだ。恩知らずの人間を二度も受け入れてくれるほど、キックボクシングは甘い競技じゃない。

「……すみません」

グローブを戻すと、会長は断ち切るように引ったくった。

「なら出てけ」

陣さんの失望を背中に感じた。

もういっぺん頭を下げ、俺は練習場をあとにした。


翌週、管理人室に座っていると、例の彼女がビルの中から出てきた。

弁当箱を返さないといけない。管理人室のドアを開け、でもどう声をかけたらいいのかとぐずぐずしていたら、彼女が進行方向を変えた。ドアの音が聞こえたんだろうか、白い杖をついてまっすぐこっちへ近づいてくる。

よかった、と思ったとき、彼女が呼んだ。

「おじさん?」

耳を疑った。——お、じ、さん?

「あー……はいあの、これ」衝撃を受けつつ弁当箱を渡した。「うまかったです。見た目もそんな悪くなかったし」

彼女はにっこりと受け取った。それからふと、宙を見るような表情になった。

「金木犀、咲いたんじゃないですか?」

俺は視線を下に向けた。

そう、咲いた。

ふたりの足もとで、オレンジ色の小さな花が香っている。

テレビドラマが始まった。熱心な彼女につられて、俺も少しは物語を理解しようと努めた。

CMに入ったところで彼女が言った。

「窓、開けていいですか?」

暑いのかなと手を伸ばし、横の窓を全開にする。彼女はすんすんと息を吸い、手探りで自分側の窓も開けた。そして言った。

「今日って何か運動しました?」

そういやなんか臭い、と見回した。どうも下から臭ってるような……見おろしてみて「嘘《うそ》っ」と思った。犯人はスニーカーを脱いでる俺の足だった。

最悪だ……こっそり履きなおした。

「……わかるんですね」急ぎ話題を変えてみた。

「え?」

「金木犀……咲いてるって」

「ああ」彼女は笑った。「見えないぶん嗅覚が発達してるから。勘もいいです。おじさんがどんな人か、だいたいわかりますよ」

いや、ほんとに勘がよかったら「おじさん」はないと思う。

「声に元気がない。全体的に、とっても疲れてる」

「いっぱい苦労してきた感じ。五十？　まではいかないかな。四十代？」

いやいやいや。

「なにどしですか？」

「……ネズミ」

「え、今年？　てことは四十八？」

だから違うって。

「ああごめんなさい、三十六だ」

違います、まだ二周しかしてません。

「どんな服着てます？」

「Tシャツ……綿の」答えてからまた気になった。まさかこいつも臭ってる？

「おじさんじゃなくて、ドラマのヒロイン」

そっちかよ！　画面に目を投げ確認した。「……スカート」

「靴は？」

「履いてる」

「あたりまえだし。じゃあイヤリングは？」

「それと似た感じの……」

超適当に返したら、彼女はものすごく喜んだ。ほんと？　ほんとに？　何度も言って、自分のイヤリングをさわった。あらためて画面を見て、俺は罪悪感に襲われた。女優の耳には何もついていなかったのだ。

ドラマが終わりかかっているところで水場へ行き、足を洗った。急いで戻ると、彼女は帰り支度を終えて管理人室の外に立っていた。

「これ……」大きめのビニール袋を、俺は差しだした。

「なんですか？」

「桃……清掃のおばさんにもらったんで」

彼女は袋を受け取った。そして、「洗いました？」と言った。

完全被害妄想で足のことだと思いこんだ。ハイと即答したら「だめだめ！」と笑われた。

「桃って、洗ったらすぐ食べないと味がどんどん落ちちゃうの。じゃ、帰ったらさっそく食べなくちゃ」

彼女は大事そうに桃の袋を抱えなおした。そして、姿勢を正した。

「私、柏木明香里《かしわぎあかり》といいます」

かしわぎ、あかり。

微妙な間がおかれた。名乗られたら名乗り返す。普通のことができずに固まっていると、今度はすっと手を出された。

無視できず握り返した。白くてやわらかくてつめたい、小さな手だった。

「硬っ！」嬉しそうに彼女は言った。「どんな仕事したらこんなになるんだろ」

なんだか悪いものをうつしてしまいそうで、すぐ手を引っこめる。彼女はまた微笑《ほほえ》んで、ありがとうございました、と頭を下げた。

「一緒に観てくれる人がいると安心するんです」

その言葉は、俺をどこか悲しい気持ちにさせた。

「来週も、来ていいですか?」彼女が尋ねた。

「はい」俺は答えた。

＊

桃は、皮が手で剝《む》けるくらい熟れていた。

冷やしすぎたら台無しよと、いつか母が教えてくれた。流水にしばらく浸けておくくらいがちょうどいいのだ。きれいに剝けたら、果汁をこぼさないよう気をつけながら丸かじりする。うーん、甘い。最高。もったいないと思いながら、いっぺんに三つも食べてしまった。

手を洗っていると、洗濯の終了を知らせるブザーが鳴った。

すすぎの水は洗面所へ流すようにしている。このときサンダル履きの素足をタイルの上へ投げだしていると、河原にでもいるみたいで気持ちいい。出入り口のサッシに座って、排水が済むのを待った。

桃の甘さが口の中でよみがえり、駐車場のおじさんのことを思いだした。

いい人だったなあ。前のおじいさんに比べると根暗っぽいけど。

もし目が見えていたら、管理人室へ入ってしまうことはなかった。見ず知らずの女とドラマ鑑賞なんて、付き合ってくれる人はそうそういない。苦労してきた感じ、なんて言って失礼だった。でも、実際してるんだと思う。だから他人の気持ちに寄り添えるのだ。

気づくと私は、『椰子《やし》の実』を歌っていた。

「名も知らぬ遠き島より　流れ寄る椰子の実一つ　故郷《ふるさと》の岸を離れて　汝《なれ》はそも波に幾月……」

大好きな歌。嬉しいときも悲しいときも、口をついて流れだす懐かしい歌。

ああ、気持ちいいな冷たくて……思いかけて我に返った。

なんか水、多くない？

立ち上がると案の定、ぴちゃぴちゃ音がする。詰まってるのだ。急いで排水口を探した。どこだっけ、たしか洗面ボウルの下あたり……。

足が滑った。尻もちをついて、服が盛大に濡《ぬ》れた。

「あちゃー……」

目が見えない不便さを痛感する瞬間、第一位。

排水口が詰まったとき。

＊

翌週のドラマ放送日に向け、俺は万全の準備をした。

まず、新しいスニーカーを買った。いくら足を洗ったって靴そのものが臭ってちゃどうしようもない。安物だったが、俺にとっては久々の買い物だ。

当日は事前に水浴びをした。石けんを使い、全身隅から隅まで念入りにこすりまくった。管理人室の窓を全開にして換気、着ていたパーカーをぶんぶん振り回してホコリを払う。

……これでよし。椅子に座り、大きく息をついた。なんとなく目をつぶったら、鼓動が少し速くなってるのを感じた。

杖の音が聞こえてきた。

街中ではけっこういろんな音が鳴っている。それらを極力排除し、コツコツという響きだけを聴くようにしてみる。彼女が誰かを待つときは、こんなふうなのかもしれないと思いながら。

音は少しずつ近づいた。最後にかたんと、ドアが開いた。

「靴、買ったんですか？」

「……えっ？」俺は目を開けた。

「新しい靴の匂いがする」

すごい、と思った。新しいけど数日は履いてるのだ。見えないひとの嗅覚、すごすぎる。

それからまた横並びでドラマを鑑賞した。

物語の恋は、運命の荒波に揉《も》まれながらも着実に進行していた。いま現在、ふたりを阻む最大の壁は国籍の問題だが、男はそんなもの関係ないと、何かあるたび弱気になる外国籍の女を励ます。感動した女が目に涙を浮かべながら言う。――あなたを好きになってよかった。

「好きになって、よかった……」

隣でうっとりつぶやかれて、何、と見た。彼女は画面に釘付《くぎづ》けになっている。リフレインしただけか。紛らわしいことはやめてほしい。

「いいなあ、ピュアだなあ、憧れちゃう」

「……」

「ね、カッコいい?」

今度はセリフじゃなかった。画面には主演の男が映っている。

「あー……カッコいいけど、チャラそう」

「チャラそう?」

「髪とかピンクだし」

「違う、おじさんのこと」

「えっ?」

「教えて。見えないからって嘘ついちゃダメ」

ぎくりとした。でも、自分の容姿なんてどうにも説明のしようがない。

「そしたら簡単に、イケメンかそうじゃないか」

「……」

「そうか、後者ですか」

「……」

「だいじょぶ。男は顔じゃない、ハートだから」

決めつけられたのに、なんでか悪い気はしなかった。年上の女性というよりはオバちゃん世代の激励みたいだったが。

今夜も約一時間が飛ぶように過ぎた。

「じゃ、また来週」微笑んで挨拶し、彼女が歩きだす。

駐車場の中から車の出てくる音がした。俺は管理人室へ戻り、ガラス越しに彼女を見送った。

ドラマが最終回を迎えたら、週に一度のこの時間はどうなるんだろう。新しいドラマをまた一緒に観るんだろうか。刑事ものとかでも、彼女は釘付けになるのかな。そんなことを思っていたら、バーをくぐって出ていった車が荒っぽくクラクションを鳴らした。

振り返った彼女の顔が、ヘッドライトの光に浮かびあがった。

加速しながら右折する車を、彼女は避けた。慌てたせいかバランスを崩し、舗道脇に並べられていた鉢植えを倒しながら転んでしまった。

俺は管理人室から飛び出した。

手を伸ばして杖を手探りする彼女。そのすぐ近くで鉢が割れている。

「動かないで!」

とっさに叫び、杖を拾いあげて握らせた。

「ありがとう……」

なんて野郎だ。小さくなっていくテールランプを、俺は舌打ちしそうになりながら睨《にら》みつけた。立ち上がろうとする彼女の腕を、そっと支えた。

「うん、大丈夫だから……」

言いかけて彼女は顔をゆがめた。挫《くじ》いたのだ。

「病院に行こう」俺は言った。


数時間後、一緒にバスに乗っていた。

「名前は？」

彼女が訊いてきた。黙っていると、さらに訊かれた。

「いいじゃない、教えてよ」

周りの乗客に聞かれてる気がする。ちょっと、と小声で俺は返した。

「ちょっと？」

「……恥ずかしいから」

「自分の名前が？　どうして？　ちゃんとお礼言いたいんだけどな」

礼なんていい。ケガした人を家まで送るくらい当然のことだ。

バスを降りて何分か歩くと、住宅街に入った。彼女は俺の腕につかまり足を引きずっていたが、「ちょっと休憩……」と立ち止まった。

「背中に」俺は言った。

「ええ？　後悔するよ」

笑ってみせてるけど顔色が悪い。痛みが限界なんだろう。「いいから」かがんで背中を向けた。

「ほんっとに後悔するよ。あと、変なことしたらコレだから！」

ポケットから警報器を出して見せてくる。俺もそこまで落ちぶれちゃいない。若干ムッとしつつ背中を向け続けていたら、小さな手が探ってきた。

背負いあげた。何が後悔だよと笑い飛ばせる軽さだった。

そんなに遅い時間でもないのに、住民全員寝てるのかと思うほど静かだった。ゆっくり歩いていったら、分かれ道にぶつかった。

「道が分かれてる」

「うん、右」

右へ進み、少し行ったところで俺は立ち止まった。行く手に階段が見えていた。

「ね」彼女が背中で言った。「後悔したでしょ?」

楽しそうなその口調に、またムッとする。たしかにハンパない段数だ。曲がりくねってゴールすら見えないが、こっちは昼のバイトで上り下りには慣れてる。それに今の荷物は、ビール樽に比べたら羽みたいなものなのだ。

密《ひそ》かに気合いを入れ、俺はのぼりはじめた。

「大丈夫?」

しばらくして彼女が言った。大丈夫、と俺は返した。

「でも、落ちそうなんだけど」

背負いなおした。羽みたいだった彼女の身体が、今では鉛レベルの重さになっていた。汗が噴きでる。脚が震えてくる。でももう意地だった。なんとか止まらずにのぼっていき、やっと彼女のアパートに着いたら、また階段があった。

こんちくしょう! いっそひと息にのぼってやった。

「着いた……」

「着いたねー、ほんとにありがとう、疲れた?」

「……全然……」

「あ、ついでにもうひとつお願いしたいことがあるんだけど、いい？」

「ええ？　ちょ、ちょっと、ま」

立ち上がろうとしたら、膝が笑ってへたりこんでしまった。


「洗面所が水びたしになっちゃって」

どこか詰まっているらしいが、どこかがわからないのだという。裸足になって洗面所へ入った。排水口はすぐに見つかった。詰まっていた布状の何かを取ったら、水は音を立てて抜けていった。

「ありがとう！　助かったー」

喜んでくれたのはいいけど、と思った。見えないひとの大変さを思い知らされた気がした。こんな状態で何日もいたのか。たまたま送ってきた俺に頼むしかなかったってことは、近所に家族も知り合いもいないんだろうか。

「あ、詰まってたの何だった？」

手にしたものの水を絞ってみて、俺は困惑した。

「……パンツ」

「えっ！」

そっと手渡し、そっと受け取る。気恥しさに、ふたりともしばらく黙りこんだ。

「……大変失礼しました」

「いや……」

「そうだ、ちょっと待ってて」

タオルを渡してくれると、彼女は別室へ引っこんだ。

手を拭きながらリビングの中を見渡した。広くはないが、きれいに片づいている。

居心地もよさそうだ。他を知らないから比べようがないけど、一般的な女性の一般的な部屋という感じがした。

テーブルの上にノートパソコンが置かれていた。目が見えなくても使えるのか。近づいてみたら、天板に点字が貼られている。

指でなぞった。名前？　だろうか。

「おじさん、音楽は好き?」彼女が戻ってきた。

「え? や……とくに」

「今日はほんとにありがとう。これ、お礼」

細長い紙が差しだされた。コンサートのチケットらしい。

「いや、でも」

「もらいものだから。友だちでも誘って行って」

「……」

「もしかして、友だちいない?」

じゃあ、一緒に行く? 彼女は言った。

*

ちょうどそんな時期だし、と自分に言い訳してるけど、なんにもなかったら、あとひと月は先延ばしにしてたと思う。

「男できたでしょ」

いきつけのヘアサロン。店長が頭の上で言った。

「へっ？」

「いつも揃《そろ》えるだけなのに、急に気分変えてみたいだなんてさ」

「そんなんじゃないですよ」

「いいのよーごまかさなくたって。どこで会ったの？　どんな人？」

「どんな……」

「ほらあ！　そうか、デートだ。いいなあ、初デート」

「違いますって」

デートではない。だって相手、おじさんだもの。

ただ、デートみたいに浮き浮きしてるのはたしかだ。ドラマを一緒に観てくれたからとか助けてくれたからとかそういうことでなく、また会えると思うだけで素直に楽しみ。空気が、なんとなくふんわりする。

両サイドに軽くウエーブをかけてもらった。こんなの何年ぶりだろう。さわってみると、まさに今のふんわり感を表現したかのよう。お礼を言って家に帰り、いつもより丁寧にメイクをした。チークをはたきながら、いつの間にかまた『椰子の実』を歌ってる自分に気づく。

そうですね、この高揚感はたしかにデートっぽいですね。

何を着ていこう。服の並びはだいたい憶《おぼ》えてるけど、念のためスマホを向けてシャッターを切る。今の障碍者だからこそ使わせてもらえる最新ツール。アプリが柄を教えてくれる。

「これは、ヒマワリです」

明るいヒマワリ柄。お気に入りのワンピース。カモミール系の香水もお気に入り。外はとってもいい天気だ。ぼやけた光が、ほんの少しだけ視界を明るくしてる。

……だけど。

だけど、おしゃれをした自分がほんとにおしゃれに見えているのかは、正直、全然自信がない。

そういえばこれ、学生のとき買った服なのだ。じきに三十の自分が着てどうなんだろう。スカートの丈だって短めだし。

大丈夫？　おかしくない？

急に、あたりが暗くなってきた。

＊

約束の時間ぴったりに、彼女は玄関から出てきた。俺に顔を向け、「待った？」と微笑む。

いいや、と返した。それこそドラマのワンシーンみたいなやりとり。頬が緩んでしまい、慌てて引きしめる。

「じゃ……行く？」

「うん」

近づけた腕に、彼女は自然につかまってきた。

「足は……」

「もう大丈夫」

彼女のほうは、とくにテンションが高いわけでもなかった。服もいつもと同じ感じで、コンサートへ行くには地味なようだけど、おしゃれしてもらったところで、俺は釣り合う服を持ってないんだからちょうどいい。

街中へ出ると、少し緊張した。また転ばせてしまったりしたら大変だ。先へ先へと目を配り、安全なほうへ誘導する。普段は気にも留めない障害物の多さに驚いた。舗道から横断歩道へ移るときの段差。無意味に張りだしてるガードレール。点字ブロック上に無遠慮に置かれた自転車や立て看板。駅に着いてホーム階へのエレベーターに乗るところでは、急いで降りてきた学生が軽く彼女にぶつかった。向こうが悪いと思うのだが、「ごめんなさい」と謝ったのは彼女のほうだった。

ホームに並んで立っていると、人目が気になった。そばにいる人、通り過ぎていく人が、けっこうな割合でじろじろ見る。

「見られてる?」彼女が笑って言った。

「えっ……」

「見るよねー杖ついてたら。私も逆の立場だったら見ちゃうと思う」

「……」

「杖そのものにはもう慣れたけど、初めて行くとこはやっぱりちょっと怖いの。でも今日は、エスコートしてくれる人がいて安心」

それならよかった。

またちょっと頬が緩んだ。緩んでは真顔に戻すのを繰り返しながら、コンサート会場へ到着した。

クラシックを生で聴くなんて、俺はもちろん初めてだった。音楽自体、そんなに身を入れて聴いたことがない。

入り口でチケットを切ってもらう。切るバイトをやった経験はあるけど、客側になるのは初めてだ。どさどさチラシを渡され、制服姿の人に「お席」へ案内される。席に着くと、舞台の上にはオーケストラの楽器が並んでいて、客席全体が独特の空気でかすんでるように見えた。何もかもが未知の体験だった。

周りの客はみんなよそいきの恰好をしている。彼女と俺だけ浮いていた。もし彼女がドレスアップしてきたら俺ひとりが浮くことになってたわけで、きっとそのへんを気遣ってくれたんだなと気がついた。

　やがてベルが鳴り、場内が真っ暗になった。舞台だけが明るく照らされ、演奏する人たちが次々と出てきた。遅れて指揮者。最後に、バイオリンを持った真紅のドレスの女性が華やかな感じで登場した。

　すごいところへ来てしまった。思ってるうち演奏が始まった。

「バイオリンのひと、どんな感じ?」

　しばらくして彼女が小声で尋ねてきた。

「髪が長くて、真っ赤なドレス……目をつぶって、気持ちよさそうに弾《ひ》いてる」

　表現力がひどすぎる。でも彼女は、あきれもせずうなずいた。音楽に合わせて、上半身をゆったりと揺らす。舞台の様子を想像し、その映像を頭のなかで再生しながら聴いているのかもしれなかった。

　来たことのないこんな場所で、上等の椅子に座り、よそいきの服装の人びとに囲まれてクラシック音楽を聴いている。しかも隣には女のひとがいる。身分不相応なことをしてる感覚に、少し怖くなる。

怖さをごまかすために、彼女の横顔を見ていた。

眠くなるに違いないと思っていたのに、音楽はどこまでも美しかった。

会場の外へ出ると、すっかり夜になっていた。

「よかったー。コンサートなんて久しぶりだった。おじさんは？」

「……初めてだった」

「そうなんだ。どうだった？」

「よかった」

「ほんとにい？」

「ほんとに。……あと、ちょっと腹が減ったかな」

「私も！　じゃあ、行きたい店があるんだけどいい？」

「行きたい店……」

「昔、大切な人とよく行ってた店」

雰囲気も値段も最高の店だったらどうしようと心配だったが、幸い庶民的な焼肉屋だった。それにしても「大切な人」って誰だよと思いつつ、俺は肉を焼いた。

「おいしい！」

彼女は上機嫌でビールを飲んでいた。

「ずっと来たかったの。ほら、ひとりだと焼き加減がわからないでしょ」

焼肉屋へ一緒に来るって、そうとう親しい関係だよな……考え続けてる俺をよそに彼女はルンルンと肉を口へ運び、勢いあまって落っことした。タレが服に飛びちり、慌ててそこらを手で探す。

ティッシュの箱を取って渡すと、「ありがとう」と笑って一枚抜いた。しかし見当はずれなところを拭いている。なんとかしてあげたかったが、場所が微妙で手が出せなかった。

「ね。考える人、知ってる？」

胸のあたりにタレをつけたまま、彼女が訊いてきた。

「え？」

「ロダンの、考える人っていう彫刻」

「ああ……聞いたことは」

「あの考えてる人ね、足の爪がものすごく短いの。深爪なの」

なんの話だろう。

「私、大学で彫刻を専攻してて」

「……………」

「一時期集中して観察してたんだけど……今でも憶えてるんだ、あの深爪」

大学、と俺は思った。大学で、彫刻を専攻。

「だけど、普段なんとなく見てたものは記憶に残ってないなあって。家の前に咲いていた花がなんだったかとか、母がどんな顔して笑ってたかとか、父がどんなふうにお酒を飲んでたかとか」

「……………」

「この店、両親とよく来てたの」

……そうか。思い出の話か。

「でも、おいしかったなーとか楽しかったなーとか思うばっかりで、具体的なエピソードがほとんど残ってない。そういうことこそ大事だったのにね。一緒にいるのがあたりまえ、憶えとく必要なんてないと思ってたんだろうな」

返す言葉が見つからなかった。そうしたら彼女は笑った。沈みかけた空気を、ぱっと上へ向けるみたいに。

真正面の笑顔。不意打ちで、俺はどきりとした。

笑ったまま、彼女はカラのビールグラスを出してきた。瓶を持って注いだ。大学で彫刻をやっていたひとにビールを注ぐ、大学どころか中学すら満足に出てない俺。

「駐車場以外は？」

「……え？」

「仕事。何かやってるの？」

「……酒の配達の手伝い、とか」

「その前は？　普通に働いてなかったの？」

普通に。駐車場や配達は普通じゃないのか。

「ひょっとしてバツイチ？」

「……」

「子供もいたりして。でも浮気して奥さんに愛想つかされちゃったとか？」

わかってる。彼女は、彼女の世界でしゃべってるだけだ。

両親に愛され、大学で難しいことを勉強し、目が見えなくなりさえしなければ「普通に」働く未来があった。そんな世界で彼女は生きてる。

彼女のイメージしてる俺は四十とか五十で、人生にとても疲れてる。そういう人が実際いたら気の毒だろう。みんなに哀れみの目で見られたりもするんだろう。

だけど、俺は彼になりたかった。奥さんがいて子供もいて、土下座して謝れば許してもらえるかもしれない、帰る家のあるおっさんに。

黙りこんでる俺の気配に「え？」と彼女はグラスを置いた。

「え、嘘、笑えない感じ？」

優しかった両親はもういないらしい。その上、目が見えなくなってしまった。今の彼女は、もしかしたら不幸だ。

でも、少なくとも前は幸せだったのだ。

「……昔のこと、知ってどうするの」俺は言った。

「だって私、おじさんのこと何も知らないもん。いいでしょ、お互い話さないとわかんないじゃない」

「そうかな」

「え？」

「話さなくても、きみが焼肉食べたのは服を見ればわかるよ」

言った瞬間、後悔した。

アパートに帰るまでのあいだ、ふたりともほとんどしゃべらなかった。行きと同じように、彼女を腕につかまらせて歩く。俺は焦っていた。いちど出してしまった言葉は取り返せない。せめて一瞬貸してもらい、少しでも丸くして返したかった。

今は大変な生活を送っていても、幸せな家庭で育った彼女。そんなひとに俺のことを話したって困らせるだけだと思った。いや違う。はっきりと悪気があった。感情を抑えこめなかったのだ。だからあんなことを。

「ありがとう。疲れさせちゃったよね」玄関の鍵を回しながら彼女が言う。

痛く響く言葉だった。疲れてなんかいない。きみは何も悪くない。思ってるあいだにもう彼女はドアノブに手をかけている。

「じゃあ、おやすみなさい」

「……アントニオ」やっと声が出た。

彼女は振り向いた。

「名前は、アントニオ、篠崎《しのざき》、塁《るい》」

彼女の口が半開きになった。

「……芸名?」

「いや、本名」

「ハーフなの?」

「ハーフではない。仕事ってほどの仕事はしてきてない。でも、キックボクシングはやってた」

必死になって俺は続ける。

「歳は二十四で、昔はけっこう悪いこともしてて」

「………」

「あ、でも今はそんなことないんだけど……だから、昔の話をするのが苦手で、さっきはあんな言いかたして」

「そう」

「………」

「そうだよね、誰だってあるよね、話したくないこと。なのにごめんなさい、無理に言わせたりして」

「いや……」

「ていうか、おじさんじゃなかったんだ。ごめんなさい」

なんで彼女が謝ってるんだ。

「送ってくれてありがとう。それじゃ」

名前を言ったくらいのことで事態は変わらなかった。むしろ悪化させた。

細い背中は、あっさりとドアの向こうへ消えていった。

＊

つくづく無神経だった、私は。

人はみんな、それぞれの世界で生きている。人の数だけ世界はある。自分の尺度でばかりものを言っていれば、知らないうちに誰かを傷つけてしまう。いい歳をしてそんなこともわかってなかった。

自分語りのあげく、ずけずけ質問なんかして。もしかしてすごく嫌なこと思いださせてたんだろうか。だいたい歳……二十四？　五こ下？　ひどいよ、なんべん「おじさん」呼ばわりしてしまったことか。

「……それでは、わたくし柏木が承《うけたまわ》りました」

こういう気分のとき、仕事があるのはありがたい。でも、頭が痛くなってきた。夕べ、ほとんど眠れなかったから。

内線が入った。取ると、この世でいちばん聞きたくない声が耳に入ってきた。

「柏木さん、ちょっといい?」


「気に入ってもらえると嬉しいんだけど」

またそういう話か。「なんでしょうか」当惑して私は尋ねた。

「何って決まってるでしょ、誕生日プレゼントだよ」

尾崎さんはしれっとしている。来客用のソファにくっついて座られ、思わず数センチ横にずれた。出入り口のドアは閉められてる。密室といったってここは職場、めったなことはないと思うけど気持ちが悪い。

どうぞ、と手に押しつけられた。長い箱。ネックレスか何か? 冗談じゃない。

「先週もいただきましたけど……コンサートのチケット」

「あれはほら、きみが音楽聴かないっていうからムダになっちゃったんじゃない。だから違うものを」

ムダになってません。楽しませていただきました。なのでもう結構です。

「これつけて、ゆっくり食事でもどうかな」

「……」

「フレンチのいい店があるんだよ。僕の知り合いがオーナーなんだけど」

ノックの音がした。

はいっ、と返事をして、尾崎さんが立った。ここで私は失敗をした。社内の人にプレゼントを見られたら尾崎さんの立場がまずくなる。要らない配慮が頭にのぼって、とっさにポケットへ入れてしまったのだ。

「柏木さん、本社営業部から３番にお電話です」

絵美だ。グッジョブ絵美！　神さま絵美さま仏さま！

「……失礼します」

すばやく立ち上がり、部屋から逃れた。助かった……絵美さまを心のなかで拝みつつ、一緒にブースへ戻った。

「何？　なんか注意された？」絵美が訊いてきた。

「うん、ちょっと」

「もしかしてお誘い？」

「は？」

「だって尾崎さん、明香里のこと気に入ってるし」

「えー、そんなことないよ」

「そうかなあ。うまくいけばまあまあ玉の輿《こし》じゃない？　明香里的にはどうなの、尾崎さん」

「ないない」絶対ない。死んでもない。

参った。異動でもない限り続くんだろうか、ああいう「お誘い」が。

ポケットに入れてしまったものが、ずっしりと重かった。


今日はドラマの放送日だ。でも残業があって、職場を出るころには九時を少し過ぎていた。

エレベーターで一階へ下りる。建物を出て、駐車場のそばを通っていく。自分でも耳につくらい、杖の音が響く。

視線を感じたように思った。

きっと彼だ。管理人室の中からじっと私を見てる。

どうして来ないんだと思ってる？　それとも、来るなと思ってる？

迷いながら結局、方向転換できなかった。

＊

杖をついて、彼女は去っていった。俺のほうなんか一度も向かないで。

これでいいんだ。そう思った。

家までおぶって送ったり、並んでクラシックを聴いたり、差し向かいで焼肉を食ったり。俺にとっては日常を超えることだらけで、自分の世界まで変わりかけた気がした。でも、ただの錯覚だ。別々の場所で生きてきた彼女と自分は、この先も別々の道を歩いていくだけだ。

その夜更け、駐車場を閉めて巡回へ行こうとした俺の前に、思いがけない人たちが現れた。

会長と陣さんだった。

「ほら、座ってるだけじゃどうしようもねえだろ」

陣さんが沈黙を破った。

「会長がわざわざ来てくださったんだからよ。ちゃんとわけ話せ。それで戻ってこいよ。な?」

夜中でも騒がしい飲み屋の片隅。俺は会長の前に引き据えられていた。

このあいだ謝りに行ったのが最後のつもりでいた。でも会長は再び俺にチャンスをくれるのだという。ちらりと合った目が言っているようだった。決めるのはおまえ自身だと。

簡単なことじゃなかった。すがってしまいたい気持ちと放っておいてほしい気持ちが、ぐちゃぐちゃに混ざりあってる。

「なあ、塁」陣さんが身を乗りだしてきた。「地下格闘技のリングで初めておまえを見たとき、俺は思ったんだ。こいつは裏の世界にいる奴じゃねえ、表舞台でチャンピオンになるべきだって」

「……………」

「管理人の仕事が悪いとは言わねえよ。でも、このまんま細々働いて食ってくだけでいいのか？　おまえ、それで満足か？」

満足じゃない。二十四年間生きてきて、毎日感じているのは後悔だ。こんなんで一生終わらせたくない。できるならもう二度と悔いたくなんかない。

「……すみません」やっとのことで、それだけ言った。

会長がため息をついた。

「ひとつだけ訊く。おまえ、今までどこにいた」

「……………」

「話す気がねえなら帰るぞ」

ビール瓶を持ち、会長のグラスに注ぐ。腹の底から息を吐き、喉に引っかかっていた言葉を押しだした。

「刑務所に、いたんです」

店内のざわつきが一瞬、遠のいた。

「懲役三年五か月でした」


親に棄てられ施設で育った俺は、自分の意思なんかほとんど持たないまま暗い世界に沈みこんでいった。そして地下格闘技——腕自慢の連中が金目当てで集まる賭博試合に出場するようになった。陣さんに拾ってもらってからも、実は出続けていた。

格闘技の主催者は、同じ施設出身の佐久間恭介《さくまきょうすけ》。恭介は今の俺と同じ歳で、半グレ集団『ウロボロス』のリーダーだった。地下格闘技だけでなく金貸しや各種詐欺にも手を染め、稼ぎは相当なものだったと思う。俺は電話で器用にしゃべったりするのが無理なので、用心棒的な役割を与えられていた。

ウロボロスとは、古代ギリシアの象徴だと聞いた。自分の尾を飲みこんで丸くなっている蛇《へび》。シンボルマークであるその蛇のタトゥーを、メンバーは全員身体のどこかに彫っていた。俺の左手にある傷は、そいつを除去した痕だ。

ある晩、俺はナンバー2の久慈《くじ》と一緒に、坂本《さかもと》という男を尾行していた。坂本は『ウロボロス』からの借金を焦げつかせた代償に、オレオレ詐欺の片棒を担がされていた。電話で騙された主婦の家へ行き、弁護士のふりをして金を受け取ってくる予定だったが、どうも裏切る気らしい。恭介の勘は鋭かった。金の入った鞄《かばん》を抱え、キョロキョロしながら歩く坂本は、明らかに逃げようとしていた。

行く手をふさぐと、坂本の顔から血の気が引いた。逆方向へ行こうとするのを久慈が遮り、近くの雑居ビルへ連れこんだ。

中年の坂本は悲しいくらい非力で、腹を蹴ったら窓際まで転がっていった。奪い返した金を数えながら、ウロボロスのルールを教えてやれと久慈が言った。床に尻をつき後ずさる坂本に、俺は告げた。

――裏切りには、徹底的な制裁を。

いずれ背を向けることになるなんて、あのときは考えてもいなかった。ここが自分の居場所なんだと、心の底から信じこんでいた。

勘弁してくれと坂本は泣いた。こんなことを続けていたら、いつかは逮捕されてしまう。

でも、金を返せない彼に選ぶ道はなかった。どうしても嫌なら逃げた奥さんと子供に返してもらうしかない。あざ笑う久慈の言葉に坂本はぶちきれ、ポケットの小銭を投げつけてきた。

始末を俺に任せて久慈が出ていくと、坂本は態度を変え、弱々しく許しを乞いはじめた。自分は裏切ったんじゃない、ただ家族とやり直したいだけなんだと言って、奥さんと子供のことを話して聞かせた。奥さんがどんなに素直で優しい女性だったか。生まれたばかりの娘がどんなに可愛かったか。

「頼むよ、見逃してくれ……わかるだろう?　おまえにだって家族がいるだろ?」

その言葉はでも、俺には逆効果だった。

奥さんに逃げられた哀れな、でもやり直す家族のいる坂本を、俺はものすごくうらやましいと思った。同時に猛烈に憎んだのだ。

彼に近づき、言ってやった。

「俺に家族はいない」

だからおまえの言うことなんか、わからない。

「そのまま、坂本は死にました」

「……」

「俺が殺したようなもんなんです」

会長も陣さんも言葉をなくしていた。想像を超えてひどい話だったんだろう。

それでも会長は、やる気があるなら戻ってこいと言ってくれた。

俺はやっぱり返事をすることができなかった。


自分に帰る場所などない。いつもついそう思ってしまうが、間違いなのだ。

緑の芝生が広がる庭で、子供たちが遊んでる。楽しそうに幸せそうに、大声を上げて走りまわってる。

俺はあんなふうじゃなかった。いつも黙っていて、いじけていて、我ながら扱いづらいガキだった。

身体も丈夫じゃなかったので、最初のうちはずいぶんいじめられた。でも腹の底に恨みを溜《た》めこむうち、だんだん強くなった。

あるとき、自分よりでかい奴とケンカをした。ひどくやりすぎて、相手は血だらけになって気絶してしまった。とんでもないことをしたと震えてる俺に、薄笑いしながら近づいてきた奴がいた。

佐久間恭介だった。

「言わなきゃいいんだ、自分がやったって」恭介は俺の肩に手を回した。「正直者はバカを見るだけなんだからな」

四つ年上の彼が言ったことを、俺は神の言葉のように受け取ってしまった。

腐れ縁の始まりだ。その日から刑務所に入るまで、俺が彼に逆らったことは一度もなかった。

刑期は終わった。でも、本当は何も終わっていない。あの世界から完全に抜けられる日なんて、永遠にこない気がする。

「アントニオ!」

明るい声が響いた。

顔を上げると、芝生の向こうからシスターが歩いてくるのが見えた。

「元気そうで嬉しいわ」

廊下を歩きながらシスターは言った。

「でもちょっと痩せたんじゃない? ご飯ちゃんと食べてる?」

もし俺が大学生とかで休みに実家へ帰ったら、お母さんはこんなことを言ったりするんだろう。シスターはこの修道院にいる子供全員の親代わりだ。行方をくらました俺が逮捕されたときも、何も言わず身元引受人になってくれた。今もこうして微笑んで迎えてくれる。

作業場に入ると、年長の子たちが集まって何か縫っていた。

「懐かしいでしょう」

俺は裁縫じゃなくて木彫りの人形みたいなのをつくった気がする。作品は年に何度か開かれるバザーで売られ、売上金が施設の運営費にあてられるのだ。

あのころと何が違うんだろう。庭で遊んでた子たちも、ここで裁縫をしてるかれらも、自分たちの幸せな未来を全然疑っていないように見える。

「もう、あの子たちとは付き合ってない?」

シスターが言った。俺はうなずき、左手のタトゥー痕を示した。

「だったら堂々と笑ってなさい。アントニオ、あなたはもう罪を償ったんだから」

言ってシスターは俺の顔を覗《のぞ》きこんだ。

「笑ってるほうが素敵よ。ほら」

目を三日月にしてみせるシスターにつられ、俺は不器用に笑顔をつくった。

「そうそう。それがいい」

「あの、シスター」長年思ってることを言ってみた。「いちど決めた洗礼名は変えられませんか」

「やだどうして? 嫌い?」

「嫌いっていうか……」

名乗るとなると恥ずかしいのだ、アントニオ。

「だめよ、そういうこと言っちゃ。強そうでいい名前じゃない」

俺は苦笑した。

「はい、あげる」

透明な袋に包まれたものを、シスターはひとつ俺に手渡した。カラフルな模様の布でできた、小さめのドーナツみたいな形。

「シュシュっていって、女のひとの髪を結ぶもの。あの子たちがつくったの」

「……」

「誰かいいひと、いるならあげて?」

夏のヒマワリを思いださせる色づかい。

彼女に似合いそうだった。

＊

罰《ばち》が当たったんだ。彼を傷つけたから。

帰宅して玄関の鍵を開けていたら、突然、すぐそばで声がした。

「こんばんは」

水を浴びせられたみたいな気がした。この世でいちばん聞きたくない声を、よりによって自宅の前で聞くなんて。しつこい人だってことは承知してたけど、まさか家まで来るとは思わなかった。

「主任……どうされたんですか」

「大事な話があってね、仕事のことで」

嘘に決まってる。

「あ、そしたら近くに喫茶店が……部屋、散らかってますし」

そんな言い抜けが通用するはずもなかった。

足音が、部屋から部屋へと移動する。尾崎さんが家の中にいる。怖い。開けておいた玄関のドアも、すぐに閉められてしまった。

「……それで、仕事のお話っていうのは」

「独り暮らし大変でしょう」

「……………」

「大学卒業してからだっけ？　その目。前はさぞかしモテたんだろうなあ」

気配がリビングを横切る。そこで吐き捨てるようなつぶやきが聞こえた。

「……開けてもいない」

なんのことだろう。わからないまま私は言った。

「あの、会社でできるお話なら今日は……」

だしぬけにビリッという音。跳び上がりそうになった。すたすた足音が近づいたかと思うと、肩をつかまれた。

「座って」

ソファに座らされる。冷たいものが首に触れてきて、私は状況を理解した。処分に困ったまま電話の横に置いていた誕生日プレゼント。尾崎さんはあれを自分で開封したのだ。

「思ったとおりだ。……すごく似合うよ」

次に生あたたかい濡れた感触。ひいっ、と声が出た。思わず押しやったら、どこかの肉に爪の食いこんだのがわかった。しまった、と思った瞬間、

「ああクソッ!」

頬に強く何かが当たった。殴られたんだとわかるまでに数秒。全身竦《すく》みあがり、私はソファから転げ落ちた。

「ごめんごめん……ほらー、きみが驚かせるから」

這《は》いつくばって逃げる。警報器、警報器……あった!

けたたましい音が鳴った。誰か来て! 誰か!

「聞けよ、人が話してんだから!」

今度はまた怒声。こんなふうに怒鳴られる意味がわからない。

「うるさいって、それ止めてくれるかな!」

焦って警報器を落としてしまう。それきり見つからない。と思ったら、ビービーいう音が間近に近づいた。顔に押しつけられていた。

「止めろって言ってんだろ！　止めろよ！」

また平手打ちが飛ぶ。往復でぶたれる。負けちゃだめ。暴力に屈したら終わりだ。

でも、何度も何度も殴られるうち、頭がぼうっとしてきた。

気づくと私は警報器を止めていた。

「ごめんなさい、許してください」

泣いてしまっていた。悔しいのに、不本意すぎるのに、涙が止まらない。

「だよね、痛いのはヤだよね……わかるよ、僕だってほんとは殴りたいわけじゃないんだから」

押し倒され、服に手がかかった。

「嫌あ！」

また殴られた。

「まだわからないかなあ！」

二度、三度。横倒しになった身体を、今度は足蹴りにされる。

この人、狂ってる。

絶望感に動けなくなった。すると殴打が止まった。笑ってるみたいな、荒い呼吸。胸に顔が覆いかぶさる。

……罰が当たったんだ。

だけど嫌だ、どうしても。こんな奴の言うなりにはなりたくない。なるくらいなら死にたい。いっそ今このとき、心臓が止まってくれれば。

「やめろ！」

別の声がした。

のしかかっていた重みが退いた。警報器の音でアパートの誰かが来てくれたんだと思った。

違う。今の声は……。

「……おじさん⁉」

年下だと聞いたくせに、そう叫んでしまった。

「なんだおまえ？」

尾崎さんのうろたえた声。続いて鈍い音がした。うっ、うっ、と尾崎さんが呻《うめ》き、ぼやけた人影が暗い視界のなかを動き回る。殴ってる。彼が、尾崎さんを……そこで大変なことを思いだした。彼はボクシングをやっていたのじゃなかったか。

「……やめて！」

だめだ、へたをしたら殺してしまう、

「わ、私はっ、彼女の上司で！」

有無を言わせずまた殴る音。だめ、お願いだから！

やっと静かになったと思ったら、ううう、と、さっきより切羽詰まった呻きが聞こえてきた。

首を絞めてる？　まさか、ほんとに殺す気？

「やめて!!」私は絶叫した。

*

彼女の叫び声に、やっと正気が戻った。

耳にする機会などめったにない警報器の音。階段の途中で聞こえたとき、彼女が助けを求めているんだと直感した。鍵のかかってないドアを開け、リビングの光景を目にしたとたん理性が飛んだ。

上司とやらは高そうなスーツを着ていた。むかつくようなヘアトニックの匂い。善人ぶった顔をしてるけど、光のない細い目は反吐《へど》が出るほど卑しい。

彼女に迷惑はかけられない。でも、こういう奴にはきっちり念押ししておく必要がある。

指を二本、強く摑《つか》んだ。

折られると察した男が悲鳴を上げかける。その口をふさいで俺は言った。徐々に、指を曲げながら。

「こっち見ろ」

「……………」

「次は殺す」

手を離したら、男はよろめきながら出ていった。

彼女は、ソファのそばで震えていた。

唇の端から血が出ているのを見て、またカッとしかける。なんでもっと早く来られなかったんだ。

「大丈夫?」

かがんで肩に手をおこうとしたら振り払われた。向けられた目が、涙と怒りで光っていた。

「どういうつもりよ」

「……えっ」

「クビになったらどうしてくれるのよ」

予想外の言葉だった。

「……こんな目に遭ったのに、まだ会社に行くのか?」

「行くよ。もちろん」

「なんで……」

「なんで? やっと見つけた仕事だからだよ。私があの会社に入るの、どんなに大変だったかわかる?」

「……」

「あしたも私は何ごともなかったように会社に行く。それで笑って仕事する」

「……」

「生きていくためなの」

仕事が必要なのはわかる。生きるために収入は必要だ。でも、あんな野郎と一緒に働くことを受け容れるなんて、どうかしてる。

「……責任は俺がとる」俺は言った。

「どういう意味……」

「俺が、明香里さんを助けるから」

初めて名前を呼んだ。独りよがりだと半分わかりながら、伝えたい一心で。

薄笑いを浮かべて、彼女は下を向いた。

「……そういうの、よけい惨めにされるんだけど」

「……」

「もう、帰って」

訪ねてきたのは、シュシュを渡すためだった。ふたりの世界は重ならない。ただ、嫌な思いをさせたことを謝りたかった。

なのに、どうしてこうなっちまうんだろう。

ヒマワリ色のシュシュが入った袋を、俺はそっとテーブルに置いた。

玄関のドアを閉めたとき、かすかな泣き声が聞こえた気がした。

強そうでいい名前だと、シスターは言っていた。

カトリックの場合、洗礼名を決められないときは、自分の誕生日にあたる祝日をもつ聖人あるいは天使の名を選ぶ。俺もそうだった。聖アントニオ修道院長。彼の祝日に生まれたことには、それなりの意味があるはずだ。

おいアントニオ。俺は自問自答する。おまえができることはいったいなんだ?

ひと晩かけて考えた末、見守るだけでも、と思いついた。たとえばせめて、殴られた彼女の傷が癒えるまで。

あんなことがあった翌日なのに、彼女はアパートから出てきた。頬が腫れ、口のわきには大きなアザ。それでもしゃんと背筋を伸ばしていた。

胸が絞られるような感覚をおぼえつつ、俺は杖をついて行く彼女のあとを数メートル離れて歩いていった。離れたまま一緒に信号待ちをし、一緒に横断歩道を渡った。

＊

街中を歩きながら、彼の気配を感じた気がした。

後悔していた。傷つけてしまったと反省してたつもりが、仕事を失うことへの恐怖に我を忘れた。彼が来てくれなかったら私は尾崎の好きにされ、今ごろは死人同然になってたというのに。

冷静に考えれば、彼の言ったとおりなのだ。あんな目に遭わされてまで会社に行くことはない。頑張って探せば、仕事はきっとまた見つかる。

その日の業務を終えると、私は尾崎に退職願を出した。

「あっ……ああ、そう」

見えないけれど尾崎の顔には、彼に殴られた痕が残ってる。私の顔には尾崎に殴られた痕が残ってる。上司と部下が同時に顔にケガ。すごく察しのいい人なら、衝撃の事実に結びつけることだって不可能じゃないかもしれない。

尾崎にしてみればそれは、存亡の危機だ。

「そうか、そりゃ残念だなあ。わかりました。受け取っておきます」

お願いしますと私は言い、頭は下げずにその場を去った。

これで無職だ。糸が切れてしまったみたいな心もとなさは否めないけど、爽快感もあった。あの男と同じ職場にいることは、私にとってはやはりものすごいストレスだったのだ。

エレベーター前で、絵美が待っていてくれた。

「ほんとに辞めちゃうの？」

「うん」

そうかあ、と絵美はつぶやいた。

「んー、まあ、いろいろあるよね」

残念だ。せっかくできた職場の友だち。

「でも、これでお別れってわけでもないしね。またご飯とか行こう。てか、これから行く?」

「あ……ごめん、今夜は」

「え? 何、デート?」

「デート……ではないんだけど」

「男の人?」

「……そう」

「こいつ!」絵美は笑ってこづいてきた。「わかった。じゃ、また連絡するね」

ありがとう、と私は言った。

管理人室の前に立っていると、足音が聞こえてきた。

スニーカーの足音。彼だ。一回止まって、また歩きだす。どう思ってるだろう。どんな顔をしてるんだろう。不安なまま佇《たたず》む私のもとへ、足音はゆっくり近づき、真ん前で止まった。

「……いつ来たの？」

なんなら飛びつきたいくらいの気持ちだった。でも、押しのけられでもしたら立ち直れない。

「……退職願、出してきた」

とりあえず報告した。ここはまず「ごめんなさい」だったと、言ってから気づく。

彼は黙っていた。

「でも、なんかスッキリしないの」

彼は黙っていた。

「えっと……だから、週末どこか連れてってくれたり、しない？」

まだ黙ってる。

「もちろん、時間あったら、なんだけど」

これでも黙ってる。

「……なんで黙ってるの？」

「………」

「それくらい、してくれてもよくない？　責任とるって言ったんだから」

自棄だ。最悪だ、ひとり相撲だ。

いっそ帰りたくなったとき、ぼそりと声が返った。

「いいよ」

「……えっ」

「海とかでも、構わない？」

……もちろん！

　車と聞いたときは少し怖い気がしたけど、彼の運転は穏やかだった。

ほんとに無口で、自分からはなかなかしゃべってくれない。でも、沈黙が続いてもとくに問題はなかった。黙ったままの彼が不機嫌でないことは、なんとなく察せられたから。高い座席で揺られているうち、私はとっても楽しくなってきた。

出発して一時間くらい過ぎたとき、うみ、と彼が言った。

「え？」

「今、海際の道に出た」

「どっちが海？」

「そっち」

「窓開けていい？」

運転席側で操作してくれた。うぃーん、という音とともに風が入ってきた。

「気持ちいいー」

憂鬱《ゆううつ》なこと全部、吹き飛ばされてくみたいだ。

「私、トラックに乗るの初めて」

「そう？」

「バイト先のって言ったよね。ビール運ぶときの？」

「うん……ドライバーさんが上の人に頼んでくれて、貸してもらった」

「いい人だね」

「うん」

海岸沿いの駐車場にトラックを停め、浜辺へ出た。波の音でいっぱいだった。視界を遮るものが全然ないのが、見えなくてもよくわかる。街中にいたときよりずっと明るいし、解放感がある。

波打ち際を歩いてみたくて、腕を貸してもらった。靴を脱ぎ、寄せてくる波に足首まで浸かりながら長い距離を進んだ。彼の腕は力強い。コンサートへ行ったときも思った。この人がいてくれたら、私は杖をなくしてしまっても大丈夫かもしれない。

「楽しい」

彼は何も言わない。ただ、支えてくれてる腕の力が一段階強くなった。言葉が足りず、もしかすると顔にも感情を出さないほう。だから時には勘違いされたり。だけどいい人だ。優しくてあったかい。私の心にいつも寄り添っていてくれる。

「……少し、休む？」

「そうだね」ほら、ちょっと疲れてきたのもわかってくれた。

砂の上に並んで座った。かすかな潮風が頬をなでていく。波の音を聴いていたら、小学生のころの海水浴を思いだした。あのとき見た青くて広い空と海が、はっきりと目の裏に映っている。

「……忘れてることばかりじゃないなあ」

「え？」

「前に話したでしょ、普段なんとなく見てた、でも大事なものに限って全然思いだせないって」

「うん……」

「でも、そうでもないなって、いま思った。ありがとう、連れてきてくれて」

彼はそれには答えなかった。

「よく来るの？　ここの海」

「……いや。ただ」

「ん？」

「ここ、いちばん古い記憶の場所でさ」

顔を向けると、彼は少し黙ってから続けた。

「母親の、顔は憶えてないんだけど」

「……」

「でも景色は憶えてる。この浜辺を一緒に歩いてた」

目を閉じ、思い浮かべた。小さな子供だった彼。彼の手を引くお母さん。

「母さんはそのまま俺を抱いて、どんどん海に入っていって」

空と海が、ゆっくり灰色に翳《かげ》っていく。

「俺だけが生き残った」

「……」

「たまに思うんだ。どうして一緒に死んであげられなかったんだろって」

途切れるみたいに、彼は話し終えた。

私が、失礼にも「おじさん」と思いこんでしまった彼。

勘がいいだなんて威張ったけど、そうじゃない。管理人は歳のいった人がやるものだっていう、勝手な先入観だ。しゃべる声や反応のしかたで、苦労してる人なんだと根拠なく決めつけた。

悲しいことは、どうして起きるんだろう。

抱っこされるような歳で、お母さんとそんな別れかたをして。

それでそのまま、二十四歳まで。

何も知らずはしゃいで、自分の話ばかりして。

数限りなく傷ついてる彼を、私はさらに傷つけた。

謝っても、なんにもならない。

「……ねえ」私は砂を手でさぐった。「シーグラス、探して」

「シーグラス……?」

「割れたガラスが、波で洗われて丸い石みたいになってるやつ」

「……ああ」

彼も探しはじめた。少しして、あ、と小さな声がした。

遠慮がちに手をとられ、楕円形のものが渡される。すべすべとなめらかで、硬いのにやわらかい。

そう、これがシーグラス。

「きれいだ」彼がつぶやいた。

「きれいなの。それにね、ガラスもここまで削れたら、誰のことも傷つけない」

「……………」

「いっぱい傷ついてきた人は、そのぶん優しくなれる。だから、つらい思いをしてきたことにも、きっと意味があった」

半分は自分に言っていた。

ずっとそう思ってる。優しくなりたい、心から。とても難しいことだけど。

「持ってて。あなたのお守りにして」

しっかりと握りしめてから、彼に渡した。そうしたら強い手が、シーグラスごと包むように重なってきた。

風が吹いた。

目の裏の空と海は、澄んだ青さを取り戻していた。

*

「おい、どうなってんだよ」

あきれたような会長の声が向こうでしてる。

「だから言ったじゃないすか。自分から戻りたいっつってきたんですよ」

嬉しそうに陣さんが返してる。

「だからって、あんだけ閉じこもってた野郎が……」

「会長も言ってたでしょ、一生に一度はチャンピオン育てたいって」

「それはそうだけどよ……」

「もうー難しいこと言わない！　ここは素直に喜びましょ！」

二人の会話を聞きながら、俺はひたすらサンドバッグを打っていた。ワンツー、ワンツー、ワンツー。確かな手応えが嬉しい。汗が目に入ってくるのさえ快感だ。

誰かと心を通わせる。そんな日が自分にくるなんて、思ってもみなかった。

単純な奴だと笑うなら笑え。もういちど俺はキックボクシングに挑む。愛するひとと幸せになるために。

プロボクサーにはファイトマネーが入る。戦績を積んでいけば、それだけ金額は上がっていく。金の額イコール幸せではないけど、金のないつらさは身に沁《し》みている。試合だけで食っていけるくらいにまで強くなれれば、そこにはきっと明るい未来が待ってるはずだ。

明香里と俺は一緒に暮らしはじめた。宿無しの俺が彼女のアパートに転がりこんだわけだが、明香里はちゃんと大家に報告して了解を取ってくれた。

初めて送っていった日、びっくりさせられた超長い階段。これが今では絶好のトレーニング場所になっていた。ダッシュで駆けのぼる。そこから先の道も走っていく。途中の公園でシャドーと腹筋、そして懸垂。通りすがりの人が変な目で見てきても気にしない。

バイトの時間もトレーニングだ。ビール樽を担ぎ、エレベーター付きのビルでも敢《あ》えて階段を使い、前の倍の速さで持っていく。

「いいことあった？」

移動中に金子さんが訊いてきた。

「はい？」

「あからさまに顔が明るいから」

「そうですか」

「女？」

「えっ」

「女だな」

「あ、いや、えっと」

「いいよ。聞かない聞かない」金子さんは笑った。

信号で停まったら、はちみつ色の犬を連れて歩く人が見えた。目についたのは、その人が白い杖をついているからだった。

「……ああいう犬って、高いんですかね」

「犬？」金子さんは俺の視線の先を見た。「ああ、あれ。レトリバー」

「レトリバー?」

「ゴールデン・レトリバー。アタマいいらしいよ、だから盲導犬とかやれるわけ」

「へえ……」

「何、飼いたいの」

「や……つーか、値段ってどれくらいなのかなって」

「どうだろ、まあレトリバーっつったらもれなく血統書付きだろうから、やっぱそれなりなんじゃやない?」

だよなあ、と思い、そのときはあきらめた。

数日後、わけあって帰り道のトレーニングをパスした。アパートの階段を駆けあがると、音に気づいた明香里が玄関ドアを開けてくれる。用意されてる料理の、いい匂いがする。

「お帰り」

「ただいま」

何かの気配を感じて、明香里が首を傾《かし》げる。「おみやげ」俺はすかさず抱いて帰ったものを手渡した。

明香里は受け取った。……顔を輝かせ、「きゃあっ！」と叫んだ。

「え、犬？　犬っ⁉」

「ゴールデン・レトリバー。生後三か月ちょい」

「まじで⁉　まじでレトリバー？」

「うん。このアパート、ペット大丈夫って聞いてたし」

「大丈夫だけど……高かったんじゃない？」

「それが譲ってもらった」

「誰から？」

「会長の知り合いの家で仔犬が産まれたんだって。もらい手探してるって話してんの聞いて」

「そうなんだ、ええー……かわいい。かわいいかわいいかわいいかわいい……」

手の中のモフモフをなでまわす明香里は、仔犬と同じかそれ以上に可愛かった。こんなタイムリーな成り行き、間違いなく俺の人生初だ。

買ってきたトイレやベッドをセットし、環境を整えてやった。仔犬がちゃんとトイレで用を足すと、明香里は「えらいえらい！」と手をたたいて喜んだ。

「おもちゃも買ってきた。飯済んだら遊んでやろう」

「おっきくなるねえ、楽しみ。ありがとう、塁」

澄んだ瞳が向けられる。これをされると俺はまだうまい返しができない。

「ねえ、名前は？」

「え？」

「この子の名前。塁が決めて」

「俺？」

「うん、名づけ親。責任重大だよ」

たしかに、と緊張した。

とにかく願うのは、元気に長生きしてほしいということだった。大きく逞《たくま》しいゴールデン・レトリバーになって、俺と一緒に明香里を守ってもらいたい。

うんうん考えたあげく、「すぐ」と俺は言った。

「すく？」

「すくすく……育ちそうだから？」

「何それ」

明香里は笑った。速攻却下かと思いきや、犬を顔の前へ抱きあげ、言った。

「よーし。じゃあ今日からおまえは『すく』です！」

はい、よろしく！　言って明香里はすくを俺のほうへ向け、小さな前足を振ってみせた。

*

塁がキックボクシングを再開した。

試合にも出はじめた。しかも連勝してる。本人は「まだまだ」って言ってるけど、熱量がすごい。毎日ジムへ行き、移動時間もすべてトレーニングに使い、さらにバイトもこなしてる。無理はしてほしくないけど、とっても元気だ。

「おいしい」

「ほんと?」

「うん。おかげで最近すごく体調がいい」

トーストと目玉焼きだけじゃアスリートには足りないだろう。頑張って早起きし、和風の朝ご飯を用意することにした。お味噌汁なんてあまりつくってこなかったから心配だったけど、きちんと出汁を取ってるおかげか、曇は毎朝「おいしい」とお代わりしてくれる。ご飯の炊き加減、だし巻きの味も評価上々だ。

「じゃあ、行ってきます」

「行ってらっしゃい、頑張って」

すくと一緒に、ジムへ向かう曇を見送る。正確には、足音が聞こえなくなるまで耳を澄ませる。それから食事の後片付け。洗濯に掃除。すくを散歩に連れていき、夕飯は何にしよう、そうだアイロンかけなきゃ、などと楽しく思ううち、もう夕方が近づいている。

ついこの前まで独りだった私が、男の人とワンコと暮らしてる。「行ってきます」

を言う相手がいないと思ってたのが、毎日「行ってらっしゃい」と「お帰りなさい」を言っちゃってる。控えめに表現して、すっごく幸せ。

家事だけで満ち足りてしまうような毎日だけど、塁に頼りっきりではいられない。とはいえ、彼が帰ってきたときは出迎えたい。できるなら家でやれる仕事を見つけられればと思っていた。

ただ、在宅で収入を得られるような技術や資格を私は持っていない。美大で彫刻をやってたなんて経歴は、目が見えない今では無用の長物に過ぎない。

視覚障碍者が持てる技術の定番というと、いわゆる「あはき業」だ。按摩《あんま》、鍼《はり》、お灸《きゆう》。資格を取れば、医療施設への就職や治療院開業も叶《かな》う。

これしかないだろう。なんといっても国家資格。仕事に直結させられ、塁の身体ケアに役立つことも考えたら、現実的選択でも夢があるというものだ。

昼間の時間がたっぷりある。塁に内緒で、こっそり勉強を始めることにした。

ジムもバイトも休みの日曜日、塁が急に、しばらく近所のカフェにいてくれないかと言いだした。

「家の中でやりたいことがあってさ。そうだな、五時間くらい」

「五時間?」

「できるだけ早く済ますから」

実際は三時間だった。迎えに来てくれた壘とアパートへ戻り、肩を押されながらリビングに入った。とたんにわかって、私は歓声を上げた。

「敷居、なくなってる!」

「大家さんの許可はもらってるから」

「すごい……」

平坦になった床を、つま先で何度もなでてみる。実を言うとしょっちゅうつまずいていた場所だ。

「あと、こっち」

寝室へ誘われた。これも、入っていった瞬間わかった。

「明るい……」

「窓ガラスを新しくした。陽が入るように」

光のほうへ手を伸ばした。ガラスが新しいだけでこんなに変わるんだ。トンネルから抜けだしたときみたい。

「……ありがとう」

「ううん」

「なんか、ごめんね」

「何が？」

「いろいろしてもらってばっかり。私、なんにもしてあげられてない」

塁はちょっと黙った。小さな優しい声で「何言ってんの」と返してくれた。体温を感じた。

口に出しては言えない。このとき私はとても強く、彼が欲しいと思った。

一緒に住んでいても、ふたりはまだ互いに触れあってはいなかった。塁はソファ、私はベッドで寝て、私のほうはいつそうなってもいいつもりで、毎晩どきどきしながら待っては空振りという夜を繰り返してる。彼の身体のパーツで私がちゃんと知っているのは、支えてくれる強い腕と手だけなのだ。

あなたが欲しい。

今日こそ、全部知りたい。

光のなかへ伸ばしていた手を、ゆっくり動かしてみた。腕が触れてきた。そのまま
そっと肩へ、そして首筋へ滑らせていく。

塁は抵抗しなかった。ただ緊張だけが伝わってくる。少しずつ大胆になって、私は
思うさま頬っぺたをなでた。

「……これ」塁の声がうわずった。「なんて書いてあるの?」

「ん?」

「この、パソコンの……」

寝室のテーブルにパソコンを移動させていたのを思いだした。天板に点字を打った
テープが貼ってある。

今それを訊くんだね。可愛い人。逃げるつもりで思う壺《つぼ》。

「……『ロミオとジュリエット』に出てくる、私の好きなセリフ」

頰っぺたにさわりながら、私は言った。

「〝彼女の目が問いかけている。僕は答えなければ〟」

横へ向きかけた彼の顔を、思いきって両手ではさんだ。すくにするみたいに優しくなでまわす。

そうか、こういう顔をしてますか、私の大好きな人は。

「何……」

「顔を見たいの」

照れてる、ものすごく。でも大人だ。立派な大人の男だ。

そして私は、女。

「私の目を見て」

「………」

「見てる?」

「……見てるよ」

嘘つき。私は笑った。

＊

明香里は心の目を持っている。その目でちゃんと俺を見てる。今だってそうだ。視線を合わせられずにいたら、しっかりバレて怒られた。もう嘘をつくことは許されないのだ。

気づくと俺は、彼女の唇に唇を重ねていた。

顔が離れて初めて、今のはキスだったと思った。問いかけに答えたというよりは、すいこまれそうになるのから逃げるためだったかもしれない。

もういちど問いかけてくる瞳。澄みきった、まぶしい瞳。

そうだ、答えなければ。

俺を見つめ、明香里は微笑んだ。

ゆっくり近づいてくる、その頬に触れた。髪に指を入れたら、あふれるみたいに胸があたたかくなった。

もう一度キスをした。窓から射しこむ光のなかで。

冬になった。俺は試合に出続け、未だ全勝中だった。トーナメントも最初のうちは選手のレベルがピンキリだ。どんな奴と当たるかは運だから、単にラッキーなだけなんだと思う。ただ、勘が戻ってきてるのは間違いなかった。

今日の試合は、一ラウンド一分足らずでKO勝ちした。

何が起こった？　みたいな静けさのあと、客席からドッと歓声が起こった。

「よっしゃあ！」ひときわでかい陣さんの声がした。

リングから下りていくと、会長と陣さんがハイタッチしていた。普段は仏頂面しか見せてくれない会長が、大興奮で俺の背中をばんばんたたいた。

「いいぞ塁！　その調子で行け！」

ありがたい。二度とこの人たちを悲しませちゃいけない。

俺ひとりでできてることじゃない。みんなの力に背中を押されてるのだ。油断は禁物。勝ち上がっていった先には、強い奴がいくらでも待ってる。

「すごい音がするんだね」

ある晩、明香里に頼まれて試合のビデオを再生した。

ドラマと違ってセリフがあるわけじゃない。聞こえてくるのは明香里の言うとおりパンチとキックのヘビーな音だけだ。レフェリーの指示も観客の応援にかき消されてるし、聞き取れたとしてもルールを知らなかったら意味不明だろう。

「塁が勝ってるんだよね?」

「うん、今ボディーブローが入った……あんま効いてないけど」

「ボディーブローって?」

「胴体に入れるパンチ。とくに強いのは、胃袋を狙うストマックブローと肝臓を狙うレバーブロー。内臓のあたりは末梢神経が集まってるから、ダメージ受けると急激にスタミナが落ちる」

「おおー……」

「今、向こうが前蹴りした。俺、かわした」

「よし！」

「で、バックハンドブロー」

「バック？」

「バックハンドブロー。回転しながら打つパンチ。バランス崩しやすいから要注意だけど、けっこう必殺技。キックでないほうのボクシングでは反則になる」

「へえー」

感心した顔で聞いてくれるが、試合はもう終盤に入ってしまっている。

「ごめん、わかんないよね俺の解説じゃ」

「そんなことない。楽しいよ」

「そう？」

「うん、とっても楽しい」

すくがやって来た。ふさふさの尻尾を振りながら、ぼくも構ってとばかりにソファへ前足をかける。

「すくも観る？　すごいよ一塁の試合」

抱きあげられて嬉しそうに、すくは明香里の顔をなめた。やることは仔犬のまんまだけど、日に日に大きくなっている。まさにすくすく成長してる。

温かな部屋で夜を過ごし、そばには愛《いと》しいひとと可愛い犬。

嘘みたいだな。俺は思った。幸せすぎて、嘘みたいだ。

夜遅く、雨が降りだした。

窓辺のキスの日から、ふたりはやっと恋人どうしらしい生活をするようになっていた。変な緊張が減り、逆に会話は増えた。夜はひとつのベッドを使い、週に一度は身体を重ねる。狭いスペースをものともせずしたいことをして、あとは朝までぐっすり眠る。

今夜は、おとなしく膝枕されていた。髪を指に巻きつけられたり耳を引っ張られてみたり、好き勝手される時間も心地いい。

「上手になった」俺は言った。

「ん？」

「あれ。……窓のやつ」

閉じたカーテンのこちら側に、陶器の作品が並んでいる。少し前から明香里が創作を始めたのだ。手の感触だけで形づくられた、ほんとの意味で手づくりの品々。厚みのあるカップで飲むコーヒーは、とてもおいしい。

「ほんとに？　形ヘンじゃない？」

「いや、それが味っていうか……彫刻やってただけのこと、あるっていうか」

だから表現力！　もっとこう、具体的にほめたいのに。明香里は笑った。そんなに悩まなくていいというように「ありがとう」と言ってくれた。

ベッドわきのオイルヒーターが、かすかな作動音を立てている。雨は降っているけれど、とても静かな夜だ。

「いいな、冬って」俺はつぶやいた。

「そう？　寒くない？」

「寒いけど、そのぶん家にいる快適さが増すじゃん」

違うか。独りじゃなければ、どんな季節だって快適なのか。

「そうなんだ。曇は夏オトコなのかと思ってた」

「なに夏オトコって」俺は笑った。「明香里は？　いつの季節が好き？」

明香里は少し黙った。

「昔は私も冬が好きだった。……でも、今はあんまり」

「寒いから？」

「それもあるし……なんか、大切な人を連れていっちゃいそうで」

見あげると、明香里は窓のほうを向いていた。

とても寂しそうな顔をしていた。

太陽が急に雲に隠れるような、彼女の変化の意味が俺には理解できなかった。幸せすぎて怖い、的な意味か？　大切な人というのが俺のことなら、どこにも連れていかれなんかしないのに。

そんな寂しそうな顔、できれば一生させたくないのに。

見あげたまま言葉を探していると、明香里は「ちょっとごめん」と言い、膝からそっと俺の頭をのけた。ベッドからおり、片手に本を持って戻ってきた。

「うつ伏せになって」

「え？」

「こっちに背中向けて」

言われたとおりにすると、明香里は上から跨《また》がってきた。脇に広げた本を置き、ページを指先でなぞる。

直後、背筋に快い刺激が加えられた。

「親指を使って、脊椎の近くの筋肉を押します」

うぅ、と声が出た。

「ごめん、痛かった？」

「や、気持ちいい……それ、マッサージの本？」

「そう」

答えて明香里はマッサージを続ける。上手だった。陣さんがごつい手で施してくれるのもイタキモでいいのだが、ずっと繊細でツボをついている。

やがて明香里は腕のほうへ手を伸ばしてきた。指先が左手の甲に当たった。

「あれ……ここ、火傷？」

はっとした。タトゥーの痕だ。

「あー、うん」さりげなく引っこめた。「前にちょっとやっちゃって……なんでマッサージを勉強してるの？」

「いつまでも無職じゃいられないし、塁にもしてあげられるでしょ」

そういうことか。

明香里が仕事を辞めたのは、ある意味では俺のせいだ。最低上司と離れて正解だったとは思うけど、無職のままいられない気持ちはよくわかる。やるべきことが、人には必要なのだ。俺は競技を再開し、当面突っ走るつもりではいるけど、永久にやっていられるわけじゃない。これからの人生をずっとふたりで歩いていくなら、ずっと先のことまで考えておかなきゃならない。

だから明香里は、仕事に通じる勉強を始めた。

でもそれって、ほんとに彼女がやりたいことなんだろうか？

「……明香里」

「ん?」

「たくさんつくりなよ」

「作品?」

「うん。俺も頑張って試合に勝つ。金が貯まったらお店やらない?」

明香里は手を止めた。「……お店」

「明香里の好きなもの、どんどんつくって」

俺は仰向《あおむ》けに戻った。

「それをみんなに見てもらって、買ってもらうんだ」

素晴らしい未来図が、そのとき俺のなかにはくっきりと浮かんでいた。

明香里は少し驚いた顔をしていた。

「できるかな」

「できるよ」

「だけど……」

「任せろって。配達は俺がするから」

花が咲いたみたいに明香里は笑った。「素敵!」声を上げて抱きついてきた。

「すっごくいい考え。ありがとう、塁」

きつく抱きあい、キスをした。

マッサージのおかげで高まっていたものが爆発した。もう我慢できない。唇を合わせたまま着ているものを脱がせかかると、明香里も息を乱しながら俺の服に手をかけてきた。

大人の時間だ。今はこっちに来たらだめだぞ、すく。

白い首筋に顔を埋めた。細い腕がぎゅっと、背中に巻きついた。

十二月に入ってトーナメントが中盤になると、予想どおり毎回楽勝というわけにはいかなくなってきた。

今日の試合はとくに苦戦していた。相手はまだ十代。若さの強みかフットワークが恐ろしく敏捷《びんしょう》なのだ。

打っても打ってもパンチが当たらない。踊るみたいに左右に避けられる。思わずイラついた隙を突いて、強めのジャブが当たってくる。

このガキ！　思ったところでラウンド終了のゴングが鳴った。

コーナーへ戻ると、陣さんが首根っこを冷やしてくれた。熱くなりすぎた思考ごとクールダウンさせるように、顔の横で言う。

「ガード固めろ。チャンスを待て」

そうだ、それが基本だ。マウスピースをはめなおした。

再開のゴングが響き、相手は軽やかに進み出てきた。

まずは戦法をうかがうことにしてガードに徹する。徹してしまえば、すばやいパンチの射程から逃れるのも不可能ではなかった。逃れることを繰り返しつつ、ジャブの出かたを観察する。どんなボクサーにも癖は必ずある。

だいたい摑めてきたところで、頭を下げて懐に入ることを試みた。でも敵も心得ていて、そうやすやすとは接近させてくれない。

「何やってんだよ腰抜け！」

観客席からヤジが飛ぶ。観戦する側にしてみれば、技の応酬がないくらい退屈な試合はない。わかっているけどこっちも必死だ。

そのとき、舌打ちが聞こえた。

騒々しい中なのに、はっきり耳に入った。見ると相手の顔つきが変わっている。ずっと浮かべていたニヤニヤ笑いを消し、さっきまでの俺のようにイラついてる。

――いける！

思ったのと同時に向こうが踏みこんだ。飛んできたジャブ、その肘のあたりを払うようにしながら、俺は渾身《こんしん》のストレートを放った。

耳が役立つとは、と思っていた。明香里と出会い、研ぎ澄まされた彼女の感覚に接しているうち、俺まで聴覚が発達したんだろうか。

「圧勝圧勝！」

ロッカールームで、陣さんは大喜びだった。

「ま、ちょっと手間取ったけどな。終わりよければすべてよしだ」

「陣さん、目ぇお願い」

腕を氷で冷やしつつ頼んだ。勝てはしたけどすごい相手だった。強烈なジャブを受け続けたおかげで、まぶたが視界を遮ってる。

「腫れなら放っといても引くぞ」

「でも、怒られるから」

「クリスマスイブにボコボコの顔じゃヤダってか？　この野郎、幸せすぎて死にそうだな！」

陣さんはメスを握った。腫れの中身は体液だ。切り裂いて抜いてしまえば、痛いがとにかく腫れは治まる。

「そうやってのろけられるとな」俺の顎をくいっと持って、陣さんはおっかない顔をしてみせた。「独りもんはつい、力かげん間違っちまうんだよな」

そんなことを言いつつも適切な処置をしてくれた。ひと息ついて、一緒にロッカールームから出た。

「さすがだな、アントニオ」

暗い廊下の行く手から、ふいに声がした。

勝利の余韻が消し飛んだ。

「すげえクロスカウンターだった。表じゃ敵なしか」

佐久間恭介が立っていた。

驚くほど変わってなかった。ひと目でただ者じゃない、金のかかっていそうな服。そこまで頑丈な身体つきでもないのに、漂ってくる威圧感。

「なんだ、てめえ」

隣で陣さんが身構える。恭介は見もせず、ゆったり近づいてくると、俺の肩に手をかけた。

「寂しいじゃん、出てきたんなら連絡しろよ」

「………」

「な、ファイトマネー、どれくらいもらってんの?」

陣さんが前に出かかったのを、俺は止めた。きっかり目を見返し、言った。

「そっちには戻りません。決めましたから」

恭介は鼻で笑った。構わず、陣さんを促して歩きだす。

「またな」

不敵に響く声が、背中に届いた。

今夜はさすがに、長い階段を駆けのぼるのは無理だった。バスを降り、アパートまでの道をゆっくりと歩く。

胸の中では、消せない不安が渦巻いていた。

あんな挨拶だけで恭介が引き下がると思えない。今後もきっと、行く先々に姿を現わすだろう。こっちが無視を続ければ、次は無視できないようなことを仕掛けてくるかもしれない。

……怯《おび》えるな。自分で自分に言って聞かせた。何か起きたらそのとき最善の方法を考えればいい。おまえには守るものがあるんだから。

帰り着いた玄関には、明香里と一緒に選んだクリスマスリースがかかっていた。

少しのあいだながめた。世間が浮き立つクリスマスに、いい思い出なんかひとつもない。でも今は、こういう飾りつけがとてもきれいに見える。

帰る家のある幸せをあらためて噛みしめていると、中からドアが開けられた。

「お帰り！」

「ただいま」

試合結果はメールで知らせている。笑顔のまま明香里はこっちへ両手を伸ばした。

「はい、動くの禁止」

毎度恒例、顔の腫れ検査。明香里は真剣だった。そんなにしょっちゅう殴られていたらどうかなってしまうと本気で心配してる。恋人が心配するのが心配で、さわられる俺も緊張する。

「……うん。そんなに腫れてないね」

ほっとした顔を見て、俺もほっとする。

すくがやって来た。大人になってきたのか、むちゃくちゃに飛びついてきたりはしなくなったけど、ちぎれんばかりの尻尾の振りかたは相変わらずだ。

「さあ、すくもご飯にしようか」

先へ立ってリビングへ行く明香里を見て、ん？　と思った。見たことのない、ずいぶんシックな服を着ている。

「その服……」

「あ、これ?　あした用の。久し振りだから試着してた」

「あした?　どこか出かけるの?」

「そう。特別な日なの」

＊

昔テレビで、結婚披露宴の余興だというゲームを見た。目隠しをした新婦が新郎を含む何人かの男性と握手をし、どれが自分の旦那さんか当てるのだ。

何組かやっていたけれど、当てられない新婦がけっこういた。あんまりいい余興と思えなかった。結婚初日にあんなことをして、ふたりの仲が気まずくなったらどうするんだろう。

もっとも私はノープロブレムだ。墨の手なら絶対見分ける、いや、さわり分ける自信がある。

本人が意識してるかわからないけど、時によって温度が違う。今日は常温。リラックスしてるみたい。初めて握手したときは、氷みたいに冷たかった。

郊外へと向かうバス。乗客は私たちだけだ。

「……それ」墨が言った。「よく歌ってる」

言われて気づいた。無意識に『椰子の実』を口ずさんでいた。

「うん」私は微笑んだ。「私にも帰る場所があるんだって歌」

墨は私に合わせて、そっとハミングしてくれた。


父と母と、ずっと約束してたこと。

まだ五十歳前後、とくに持病があるわけでもないのに、両親は自分たちのお墓を決めていた。たとえば旅行に出かけた先で、夫婦いっぺんに死んでしまうことがないとは限らない。ひとり娘の私のために、お墓問題だけでも潰しておこうと考えてくれたのだ。

よけいな危機管理だと当時は思った。でも助かったのは事実。悲しいけれど。

普通の墓地とは少し違う。広大な敷地の真ん中に、美しい木立に囲まれた納骨堂がある。受付を済ませて奥へ進むと、ロッカーみたいな扉がずらりと並んでいて、その中に遺骨の納められた小さな祭壇が入っている。

システムがシステムなので、花やお供えはせっかく持ってきても置いていけない。味気ないけれど、供養を一任できるスタイルが時世に合っているのか、生前に買っておく人が増えているそうだ。

味気なさはともかく、周囲の景色は素晴らしいと見学のとき思った。まさに風光明《めい》媚《び》という感じ。両親もそこが気に入ったのだ。父が言ってた。こういうところでずっとのんびりできるんなら、死ぬのも悪くないだろう?

墓が、両親の写真を見つめている。

「こんにちは。……初めまして」

じかに会ってるみたいな緊張感。私はちょっと笑ってしまう。

笑顔で寄り添う父と母。ふたりとも気に入っていた一枚。切ないのは、その面影が日ごとに薄れていくことだ。お墓に飾るなら必ずこれと、何度も念を押されて何度も見たはずなのに。

「お父さん、お母さん」

見えない写真に向かって、私は語りかけた。

「約束どおり大切な人を連れてきました。遅くなってごめんね」

言葉を切ると、母の冗談が聞こえた気がした。

「ん？　もっとイケメンを連れてくると思ってた？」

くすっと塁が笑った。

「お母さん、男は顔じゃないから。それにね、初めて会ったときピンときたの。すごくあったかい声してる、だからいい人に決まってるって」

おじさんと勘違いしたけど。まさか恋になるなんて予想もしなかったけど。

でも、本当にそう思ったのだ。

「……今日が命日なの。四年前の、クリスマス」

家族旅行の帰りだった。途中で私は父と運転を代わった。免許取りたてのくせに、練習しなきゃ上手くならないからと理由をつけて。

都内に戻ってきたら、雪がちらつきはじめた。

いま降ってきましたと、カーラジオのＤＪが伝えた。あのころは大好きだった冬。ルイ・アームストロングの歌う『ホワイト・クリスマス』が流れて、ルームミラーには父と母の笑顔。なんて素敵な夜だろう。これからもっと運転を練習して、いろんなところへ連れていってあげようと思っていた。

そのとき、視界の端っこが急に明るくなった。顔を向けると、車道沿いのビルから大きなものが燃えながら落ちてくるところだった。

悪い夢のような光景。後部座席から父が何か言った気がした。

クラクションが聞こえて——そこから先は憶えていない。

あとから聞いた話では、私は直前にハンドルを切ってはいたらしい。でも間に合わず、側道から出てきたトラックとぶつかった。車は横転しながら対向車線を横切り、新聞舗道へ乗りあげた。通行人を巻きこまなかったのが不幸中の幸いだったけれど、新聞にも載ってしまう大事故だった。

「お父さんとお母さんは即死。私だけ生き残った」

「……」

「塁、言ってたよね。どうしてお母さんと一緒に死んであげられなかったんだろうって。私もそういうこと、何度も考えた」

「……」

「でも、今は思ってる。あのとき死ななくてよかった。きっとね、お父さんたちが塁と私を会わせてくれたんだよ。それでずっと、見守ってくれてるの」

塁は何も言わなかった。ただ、身を硬くしてる気配だけが伝わった。

いっぺんに話しすぎたのかもしれなかった。

＊

四年前の、クリスマス。

忘れもしない。忘れたくても忘れられない、あの夜だ。

さびれたビルの一室。許しを乞う坂本を始末しようとしたとき、ドアが外からドンドンとたたかれた。

警官だった。通報があった、ここを開けろと怒鳴っていた。

どうする、と思い、向きなおってみて仰天した。どこから持ってきたのか、坂本が灯油缶を頭上でさかさまにしていた。

灯油まみれになった坂本は、近づきかけた俺を遮るようにライターを出した。着火させ、最後に言った。

——頼む。家族だけは許してくれ。

目が、妙に静かだった。

ライターを奪おうとしたが遅かった。ぼわっと顔に熱がきたかと思うと、もう坂本は火だるまになっていた。

坂本は立ち上がった。手足をばたつかせ、絶叫し、背後の窓へ突進した。ガラスを粉々に飛び散らせ、そのまま落下していった。

軋《きし》むブレーキ音と衝突音。俺は窓辺に駆け寄った。

目の下の路上は、すでに地獄絵図だった。落ちても燃え続ける男の身体。雪のちらつくなか集まってくる人びと。車道の真ん中で斜めになった大型トラックと、向こう側の舗道で横転している軽自動車。

あの車に、明香里が乗っていた？

誰もいないジムでサンドバッグを打つ。いつか俺は、あの夜の坂本みたいに叫び声を上げ続けていた。

やっぱりだ。

やっぱりこうなるんだ。

神さまは俺のことなんか、全然許してなかったんだ。

神さまの代わりに、悪魔が来た。

幽霊みたいに歩いていた俺の横に、化け物じみた高級車が停まった。ウインドウが開き、よう、と声がした。

「来月、極龍《きよくりゆう》連合との対抗戦がある。でかい金が動くんだ。手、貸してくれよ」

予想どおり、地下格闘技への誘いだった。逃げることくらいできたはずなのに、俺は後部座席で恭介に肩を抱えられていた。頭の中に霧がかかってる。残酷な現実に打ちのめされて、考えがまるでまとまらない。

「……恭介さん。俺、もう」

「ごちゃごちゃ言ってんじゃねえよ！」運転席から久慈が怒鳴った。

「わめくな」恭介が座席を蹴った。「アントニオが罪被ってくれたから、おまえは執行猶予で済んだんだろうが。むしろ礼言えっての」

「すんませーん」

いつでも人を食ってる恭介と、お調子者の久慈。昔のままだ。俺が刑務所にいたあいだも、明香里とつかの間の幸せに浮かれていたあいだも、こいつらは平然と闇の世界で生き続けていたのだ。

「メジャーからも声かかってんだってな」

「……」

「でもなあ、陽の当たるとこに出たってしんどいだけなんじゃねえか？」

子供に言い聞かせるみたいな口調。これも昔と同じだ。

「おまえのせいで死んだ人間がいるってことは、調べられたらすぐバレる。必死に高いとこへ登っても、またすぐ突き落とされる」

残念ながらそのとおりだ。

前科のある人間に世間は冷たい。自分がなってみてよくわかった。バイトひとつ始めるにも、普通の何倍も時間がかかる。やっと働きだしても差別に苦しめられる。さっきまで優しかった相手が過去を知ったとたん真逆の態度になったことも、一度や二度じゃなかった。

そう、明香里だって。

俺がどんな人間なのか知ったら。大事な両親をいっぺんに奪い、光まで失わせた張本人が俺だとわかったら、きっともうあんな笑顔は向けてくれないはずだ。

＊

なんで今なんだろう。

救急外来のベッドに私は座っていた。息をするたび胸が痛いけど、横になんてなっていられない。それにこれくらいの痛み、四年前の事故直後に比べたら、指を切った程度のレベルだ。

足音が聞こえた。廊下をまっすぐに走ってくる……塁だ。

「明香里！」

リノリウムの床をスニーカーが擦《こす》る音。私はとりあえず笑ってみせる。

「ごめん、ちょっと転んじゃって」

「大丈夫なの？」

「うん、このとおり。すくは？」

「家にいる。おとなしくしてたよ」

「よかった。ほんとごめんね、家のなかメチャクチャで驚いたでしょ」

「それで、具合は」

「肋骨《ろっこつ》にヒビが入っただけ。安静にしてれば治るって」

安堵《あんど》の吐息。つらいけれど私は続けた。

「ただね……転んじゃった原因っていうのが問題で」

「えっ」

「外傷性、緑内障……事故の後遺症だって」

「事故って、四年前の？」

「うん。時間が経ってから発症する例があるんだって。このままにしておくと完全に見えなくなっちゃうみたい」

塁は黙りこんだ。申し訳なさすぎる。せっかく出会ったのに。これからもっと幸せになろうってときなのに。

「ごめんなさい……」

「明香里が謝ることじゃないよ。このままにしとかなきゃいいんだろ？」

「……手術すれば視力が回復するかもしれないって、先生は言ってた」

「なら手術しよう」

「でも、すごくお金かかるんだよ」

「俺がなんとかする。もとに戻れるチャンスじゃないか」

ああ、と思った。考えてたとおりだ。塁ならきっとそう言ってくれる。

……私は顔を両手で覆った。

「明香里?」

「ありがとう……でも私、このままでいい」

「どうして」

どうして。当然だ。見えないより見えたほうがいいに決まってる。

手術すれば治る可能性が高いことは、以前から先生に言われていた。だけど私は、お金のことを言い訳に先延ばしにしてきた。なぜって……。

「お父さんとお母さんが死んだのは、私のせい」

「………」

「あのとき死ななくてよかったって、塁と出会って思えた。それは本当。でも、私の起こした事故でふたりが死んだ事実は変わらない。ふたりとも絶対に戻ってこない。この目が治ったたって、もとには戻れないの」

「そんな……」

「手術だって、成功するかどうかわからない。塁が頑張ってお金つくってくれても、無駄になっちゃうかもしれない」

「気にしなくていい。それにきっと」

「失敗するほうが自然だと思う」

「明香里……」

きっとそうだ。あんな不注意で両親を死なせた私が、塁と会わせてもらったばかりか視力まで取り戻すなんて。

そんな幸せ、重すぎる。

「このままのほうが、気が楽」

「……」

「……ごめんなさい」

塁は長いこと黙っていた。そして、言った。

「……子供の顔、見たくない？」

顔を覆っていた手を、私は思わずのけた。

その手をとられ、握りしめられる。走ってきたせいか熱く湿った、硬くて強い彼の手指。

「将来子供が生まれたら、その赤ん坊の顔、見たくないか？」

「……」

「生まれる前にだってあるよ、いろんなこと。結婚式挙げて、新しいでかい家に引っ越して……そういうの全部、俺は明香里に自分の目で見てほしい」

将来。いつか生まれてくる子供。家族になった未来。

この前、塁は提案してくれた。店を持って、私が作品をつくり塁は配達する。素敵な夢。とても嬉しかったけど、夢は夢だとどこかで思ってた。

でも彼は、もっと先を考えてくれているのだ。

自分にできることはなんなのか。明香里と出会ってからずっと、それぱかり考えてきた気がする。

＊

佐久間恭介から地下格闘技の誘いをかけられた夜、俺はどうしても家へ帰る気になれなかった。無意味にあちこちうろつき、どれくらい時間が過ぎたのかもわからないまま、気がついたら修道院の前にいた。

変な時間にやってきた俺を、シスターは驚いた顔で迎えた。意識してなかったが、大雨が降っていたのだ。

「まあ、何をやってるんでしょうね、この子は」

シスターはタオルで俺の頭をごしごし拭いた。それから食卓に座らせ、あたたかいシチューとパンを出してくれた。

「ほら、食べて元気出しなさい」

湯気のたちのぼる皿を、俺は見おろした。

「……シスター」

「なあに？」

「過去の罪はどうやったら許されますか」

「それなら前にも言った。あなたはもうちゃんと償った」

俺は首を振る。償ってない。何も償えてない。母さんが死んだときから俺の罪は始まり、今も続いているのだ。

「いつだって俺は周りを不幸にするんです。幸せになってほしいひとまで、そんなつもりないのに悲しませて……こんなことになるなら、出会わなかったほうが」

窓の外では、雨が降り続いていた。

「アントニオ」シスターが言った。「私、嬉しいわ」

「……え」

「あなたに、大切なひとができたんだもの」

顔を上げると、シスターは静かに俺を見ていた。

「それって素晴らしいことよ。自分より大切と思える相手に出会うと、人は変われるの。強く、優しくなれるの」

明香里の笑顔が、湯気の向こうに見える気がした。

「罪を償っても過去は消えない。たしかにそうね。彼女の幸せを願うなら、あなたがいま捧《ささ》げられるものを捧げればいいんじゃないかしら」

俺が、明香里に捧げられるもの。

「でも忘れないで、アントニオ。あなたを許していないのはあなただけなのよ」

「………」

「そうだ、今度みんなでオルゴールをつくるの。好きな曲教えて。アントニオにもつくってあげる」

「……シスター」

「いいから食べなさい」

夜中になって帰宅すると、明香里がいなかった。割れた皿と野菜がキッチンに散らばり、すくが心細そうに俺を見あげた。テーブルに残されていた救急隊員の書き置きで、やっと事態を知ったのだ。普通に帰っていれば、ひとりきりで怖い思いをさせることなんかなかったのに。俺はまたひとつ罪を重ねてしまった。

永久に許されないとわかってる。だけど、このまま何もせず縮こまっているわけにはいかない。

真っ暗だった俺の毎日を、明香里はいっぱいの光で照らしてくれた。彼女は幸せにならなくちゃいけない。いつか現れる、もっとふさわしい誰かと。

手術をするなら早いほうがいいと医者は言ったらしい。繰り返し説得したけれど明香里の決心はつかず、保留のままひとまず退院することになった。

ふたりでアパートに戻ってくると、外階段を上がる途中で、すぐがわんわん吠《ほ》えるのが聞こえてきた。

「待ってくれてる」

「そうだよ、寂しがってたんだから」

笑いあいながら部屋の前へ来て、俺は思わず足を止めた。

「どうしたの?」明香里が訊く。

「……なんでもない」

俺は答え、彼女を部屋の中へ入れた。


その夜、明香里が眠ってから、玄関ドアにスプレーされた落書きを消した。尾を飲みこんだ蛇の絵――『ウロボロス』のマーク。

ガムテープを押しつけて剝がし取る方法を試みたが、完全にきれいにはならなかった。シンナーでも使わないと無理そうだ。他の住人が見たって嫌だろうし、大家さんにも申し訳ない。考えながら作業するうち、とことん腹が立ってきた。同時に、ずっと感じていた不安は消えてきた。

なんであんなに怯えていたのかと思う。昭和の暴走族みたいな、こんなマネをする奴らを怖がるなんてバカバカしいじゃないか。

翌日の晩、都心の高級クラブへ乗りこんだ。止めに入る連中を、端から押しのけて奥へ進んだ。

ＶＩＰルームで、恭介は女たちをはべらせて飲んでいた。

「彼女とは別れた」俺は言った。

恭介は俺をながめ、余裕の表情で煙草の煙を吐いた。

「別れた？」

「ああ。だからもう巻きこまないと約束してくれ」

「健気《けなげ》だねえ」恭介は笑った。「わかった、一試合だけ出ろ。勝ったらおまえの好きにすればいい」

「ファイトマネーは」

「もちろん払う」

「じゃあいま払ってくれ」

「テメエ！」

恭介の横にいた久慈がいきり立つ。恭介はそれを制し、久慈のポケットから財布を抜くと、そのままぽんと投げた。

「持ってけ」

分厚い財布を拾いあげた。

さすが、気前がいい。この金があれば勝ったも同然だ。

陣さんの顔色が、見る間に変わった。

「おまえ、正気か⁉」

俺は深く頭を下げた。

「何考えてんだよ！　そんなことしたらもう、こっちの世界に戻ってこれねえぞ？」

「わかってます」

「タイトルマッチまであと一歩だろうが！」

ブランクのあった俺がここまで勝ち上がってこられたのは、ぜんぶ陣さんのおかげだ。なのに、あんな連中に道をふさがれることになってしまった。

「すみません。明香里のためです」俺は言った。「巻きこまないなんて約束、絶対信用できない。でも逃げても同じです。あいつら相手に無傷じゃいられない」

「……」

「明香里は強いひとです。目が見えなくてもひとりで立派にやってたんです。これで見えるようになれば最強だ、連中が何かしてきたって、身を隠すことくらいきっとできます」

「だからって……それで彼女、幸せか？」

「……」

「俺はやだよ。チャンピオンになるんじゃなかったのかよ！」

「……ごめんなさい」

俺を見たまま、陣さんは何か言いかけ飲みこんだ。顔をそむけると、サンドバッグを思いきりたたき、その場に座りこんだ。

「ほんとに、申し訳ありません」

チャンピオンになりたかった。陣さんと念願を果たしたかった。

でも、運命なのだ。これが。

陣さんは長いことうつむいていた。やがてゆっくりとこっちを見あげた。その目はもう、俺を理解してくれていた。

「陣さん」

「……なんだよ」

「もうひとつだけ、頼みたいことが」

「ああ?」陣さんは泣き笑いの顔になった。「もう……なんでも言え。ただし、金は無えからな!」

どれだけ礼を言っても足りない。

陣さんはいつもこうだった。神さえ許さない俺を許して、力になってくれる。なのに結局、甘えただけで終わってしまう。

もし生まれ変わりというものがあるなら。そんな日がいつか来るなら、今度こそ全力で恩に報いたい。

明香里には、会長から借金したと話した。現にその金がここにあると。

「明香里の気持ちはわかるよ。俺だって死んだ母さんのこと考えたら、自分だけ幸せになっていいのかって不安になる。でも同じくらい、今は前を見たほうがいいんじゃないかとも思う」

「塁……」

「借金っていっても無利子の出世払い。みんな応援してくれてるんだ。手術の日は病院のほう向いて、一斉に成功祈願するって」

「……」

「治ったら礼言いに行かないとな。会長や陣さんの顔、明香里も見たいだろ？」

強引すぎる作戦だったが、明香里はついに納得してくれた。

どういう運命か、手術日は極龍連合の対抗戦当日だった。

手術室へ向かう廊下を見送った。看護師さんに車いすを押してもらっている明香里は、すでに心が決まっているからか、すっきりした表情だった。

車いすが停まり、看護師さんが「ここまでです」というように俺を見た。

「行ってきます」

明香里が俺に顔を向ける。うん、と俺は応えた。

少し考えてから、明香里は言った。

「塁の言ったとおりだよ」

澄んだ瞳が、俺をとらえた。

「見えるようになりたい。結婚式を挙げる場所も、新しく住む家も、塁とふたりで見て、ふたりで選びたい。私たちの赤ちゃんの顔、見たい」

危うく涙がにじみかけた。

「でもまずは塁の顔だね。どんだけイケメンじゃないのか確かめなきゃ」

おどけた笑顔に胸が震える。泣いてる場合か。今日が最後だぞ。これっきりもう会えないんだぞ。

「……覚悟しといて。予想以上のブサイクだから」

かろうじて笑った声で返す。明香里は手を伸ばし、俺の頬に触れた。白くてやわらかくてつめたい、小さな手。

俺も触れ返した。彼女の頬。ありがとう明香里。ほんとに、ほんとに、ごめん。

車いすが動きだす。朝に俺を送りだすときと同じ笑顔で、明香里は腕を大きく振った。後ろ姿になってからも、ずっと振り続けていた。

感傷に浸ってる暇はなかった。

アパートに戻ると、身分証を始め、俺という人間の存在を証明するすべての品をゴミ袋へ押しこんだ。髪の毛一本だって残すまいと、室内を隅から隅まで確認した。ついこのあいだまで着のみ着のままの生活をしていたのに、持ちものが増えてることに驚かされる。明香里が選んでくれた服。揃いの食器。洗面所のコップにささった歯ブラシの片方。処分するのは、思っていた以上につらい作業だった。

ふたりで撮った写真。しばらく見つめてから、えい、とこれも袋に入れる。まとめてどこかで焼いてしまえば、アントニオ篠崎塁は消滅する。

すくが歩み寄ってきた。くうん、と鼻を鳴らしながら俺を見あげる。すく。名前を呼ぶと、小さく尻尾を振って身体をすりつけた。

全部わかってるみたいだな。

また涙が出そうになるのを我慢し、ボウルの飲み水を新鮮なものに入れかえ、大好物のフードも出してやる。

食べていいんですかというように、すくは俺の顔を見た。少し食べては顔を上げ、また見てくる。たまらず俺は少しだけ泣いた。

ずっと元気でいてほしい。彼女のそばにいて見守ってあげてほしい。

「……頼むぞ。すく」

すべてを終え、懐かしい部屋から歩みでた。

*

真っ暗だ。完全な暗闇だ。

私の両目は保護帯で覆われているという。手術は無事に終わったと、さっき先生が言ってくれた。あとはゆっくり休んでください。

無事に終わった。成功したかどうかはまた、別の話。

ぼやけた光さえ入ってこないのが怖い。

塁に会いたい。でも、彼は試合の最中だ。正念場の試合。手術のあとすぐには来られないかもしれないと言ってた。

彼は今、闘ってる。私も一緒に闘う。もうじき顔を見られるんだと思えば、暗闇だって耐えられる。

＊

ある意味、なじみ深い光景だった。

通常の試合場とはまるで違う、狂った歓声。ひとり残らず目つきのおかしい観客たち。札束が飛び交う賭博券売り場。もうじき上がるリングには、すでに何人分もの血が染みついてるだろう。

限られた連中だけが知る闇の世界。こんなところで長い時間を過ごしていれば、表が明るすぎてやってられなくなるのも当然だ。

控室でバンテージを巻いていると、恭介が入ってきた。

「準備できた？」

俺は黙っていた。

「やりかたは昔と同じね。グローブなし、レフェリーなし、どっちかが気絶するか死ぬまで終わらない、完全ＫＯ決着ルール」

「わかってます」

「そう？」

「ほんとにこれで最後ですから」

「勝ったらな。今のおまえなら楽なもんだろ」

リングへ向かう通路を歩いていくと、血みどろの選手が引きずられていくのとすれ違った。

「ありゃ死んでんな」斜め後ろを歩く久慈が笑う。「ああ、そうだ。言い忘れてたけど、おまえの対戦相手、変更になったって」

通路を抜けたら、騒々しさが一気に音量を増した。ホールいっぱいに詰まってる観客。その向こうでやけに小さく見えるリング。

ど真ん中に、相手らしき男が立っていた。

でかい。でかいなんてもんじゃない。身長も体重も俺の倍はありそうな、人間じゃないみたいな男だった。

「どっちに賭《か》けたか教えてやろうか」

久慈に囁《ささや》かれて、俺は苦笑した。そんなことだろうと思っていた。

四年前、被告となった俺は、司法取引に応じて『ウロボロス』の情報を提供した。恭介が俺にまた近づいたのは報復のためだ。仲間を売った人間にあれだけ金を握らせて、試合に勝てたら即解放。そんなんで済ませるわけがない。

「……裏切りには徹底的な制裁を、か」

「そうそ、損失補塡《ほてん》はきっちりしてもらわねえとな」

おそらく恭介は、極龍連合に取り入るために俺の負け試合を組んだんだろう。今ごろ奴は連合の頭と特等席に並び、シャンパングラスでも傾けながらこっちを見てる。人間じゃないみたいなあの大男にどれくらいの金が賭けられてるのか、俺なんかには想像もつかないけれど。

どうだっていい。ここまで来たら闘うだけだ。そして勝つ。明香里もいま勝つために、光を手に入れるために闘っている。

相手の大男は、間近で見ると熊か何かのようだった。

表の試合では階級というものがあるから、自分より極端に大きかったり小さかったりする相手と当たる機会はない。地下格闘技ならではの組み合わせだが、それにしても差がありすぎた。

さあ、どこからどう攻めたものか。

ゴングが鳴った。

まずは急所めがけて右ストレートを打った。つもりだったが、あっと思ったときにはもうリングの隅に吹っ飛ばされていた。

うおーっ、と波のような歓声が起こった。

正面から行っても無理だ。俺がこいつより上回ってる点があるとすれば、身の軽さくらいだろう。斜め横へ逃げ、再び攻撃を試みる。今度は上下のコンビネーションが決まった。

いい感じのボディーブロー……だったはずだが、だめだ、ほとんど効いてない！

また跳ね飛ばされる。次の手を考えるひまもなく、巨大な足が腹を蹴る。こうなると守りに入るしかなかった。というか守れない。よってたかって石を投げられてるみたいな、いや岩を投げられてるみたいな、容赦ない攻撃の嵐。

ぬるぬるしてきた。汗じゃなく血だった。この勢いで続けられたら死ぬ。這うみたいにして逃れ、振り返った。

敵は笑っていた。逃げられたんじゃなく、逃がしてやったという顔をしてる。

怪物だな。こっちの余力はほぼゼロなのに。

手で敵《かな》わないなら足か。ふらつきながら立ち上がり、また正面を避けて接近する。

そしてハイキック。よし、今度こそ決まった！

大歓声……が送られたのは相手のほうだった。脚を摑まれて倒され、とうとうバックチョークを決められてしまった。

体格が五分なら、技を解く方法なんていくらでもある。でもこの状態は、傍《はた》から見たらそれこそ熊と人だろう。胴と首をギリギリ絞めあげられ、意識が遠くなる。

もうだめか……あきらめかけたとき、誰かが怒鳴った。

「おいコラァ！　つまんねえぞぉ‼」

わずかに引き戻された。つまんねえ。たしかにだ。まだたぶん一分も経ってない。こんなにすぐ勝負がついたら、大金の賭け甲斐《がい》がないってもんだろう。

自由になる左脚を思いきり振り、後ろ蹴りした。そしたら運よく股間に当たった。獣の叫び声が上がり、俺はなんとか拘束状態から抜け出した。

会場のボルテージはマックスだった。熊に賭けてる大多数の客が、そろそろとどめを刺してしまえとはやし立ててる。

激怒した熊が、ブルドーザーみたいに迫ってくる。俺のほうはもう、まっすぐに進むのも難しかった。ただ、相手の出かたを見誤らなかっただけだ。襲いかかってきたのと同時に、カウンターで回転胴回し蹴りを見舞った。

顎にクリーンヒットした。初めての手応えだった。

どーん。鈍い音とともに相手が倒れた。

一瞬の静けさのあと、歓声と罵声。地上にまで届きそうな。

俺も倒れた。真っ暗な天井。全身まったく力が入らず、身動きすらできない。

なんとか動く首を回し、客席の一方向を見やった。陣さんがいた。賭博券の束を手に、小さくガッツポーズしてる。

その顔を見てわかった。さっき引き戻してくれたのは陣さんだ。

ありがとう、陣さん。

心から、申し訳ありません。

*

眠りから覚めると、闇の色が少しだけ違う気がした。

そろそろと起き上がった。怖かったわりにはよく寝たらしい。ただよくわからない感覚に、心臓が高鳴っている。

ドアの開く音がした。

「眠れましたか。ご気分は」先生の声だ。

「はい……大丈夫です」

「では、保護帯を取りましょう」

「……はい」

大きく深呼吸し、窓と思われるほうへ向いて、床に足を下ろす。足音が近づき、覚悟したりする間もなく、眼球保護帯がはずされた。

接着剤でくっつけられてるみたいな両目を、そっと、そっと開けてみる。

光が浮かんでいた。

四角い光。あれ……もしかして、窓？

腕をかざしたら、今度は細長い影が見えた。左右に動かすと、影も左右に動く。そしてその輪郭が次第にはっきりしてくる。

「ああ……」

涙で洗い流されていくみたいに、部屋の全体が見えてきた。

やった……私はつぶやいた。

やったよ。勝ったよ、塁！

*

「手術うまくいったって。術後の経過も良好だってよ」

陣さんの声に力が抜けた。歩きに歩いて発見した電話ボックス。寄りかかるガラスの冷たさが気持ちいい。

「言われたとおり、半分は明香里ちゃんの口座に振り込んだ」陣さんは言った。「もう半分は、サカモトマイコさんって人に」

「ありがとうございます」

「なあ、サカモトさんって……」

「俺のせいで死なせてしまった人の奥さんです」

坂本麻衣子さん。刑期を終えたあと、直接謝りたくて何度も連絡したが断られていた。そこで今回の計画だ。これまで貯めてきた金をすべて陣さんに託し、あの試合で俺に賭けてもらう。勝ち金を明香里と坂本さんへ送ってもらう。きれいとは言えないけれど、金は金。生活の足しにはしてもらえるはずだ。

「やっぱりそうか……」

「ほんとにありがとうございます。陣さんいてくれなかったら勝てませんでした」

陣さんはしばらく黙った。

「……おまえ、どこにいんだよ」

「……」

「ぜんぶ済んだんだろ? 帰ってこい」

「陣さん」

「連中がなんか言ってきたって、知ったこっちゃねえ。おまえにはさんざ迷惑かけられてんだ、今さら遠慮すんな」

「ありがとうございます」

「ありがとうじゃねえよ、独りでこの先どうすんだよ」

「……また、かけます」

「おい塁!」

受話器を置いた。電話ボックスから出ると、静かに達成感が湧きあがってきた。大きな敵に俺は勝った。目的を果たしたのだ。

あとはもうなるようになる。俺はもう、この世にはいない人間だ。

背後からエンジン音が聞こえてきた。

狭い道なのに、ずいぶん飛ばすなと思った。減速もせずぐんぐん迫ってくる。振り返ったが、見ることはできなかった。見る前に、当の車にはねられたからだった。

物みたいに空中を飛んで、地面にたたきつけられた。

起き上がろうとしたが、まったく力が入らない。横向きの視界にやがて、男の足が入ってきた。

腰のあたりに衝撃が走った。

――ウロボロス。

そりゃそうだ。大金をすらせたうえ接待を台無しにした俺を、恭介が逃がすわけはない。これはダメ押しの制裁だ。

手間が省けたと思えばいい。この先はどうせホームレス生活。遅かれ早かれこうなる運命だったのだ。

ご丁寧に三回刺された。足音が去り、車のドアが閉まり、エンジンが唸《うな》る。走行音が遠くなる。

――神さま。最後に、祈りが届くなら。

どうか明香里を幸せに。

強烈な眠気が襲ってきた。

＊

事務室のガラス越しに、男の人たちが練習してるのが見える。シャドーボクシングをする人。サンドバッグを打つ人。リングの上ではスパーリング。塁の試合のビデオを再生してもらったときの、あの音が間近でしてる。

初めて来たのに懐かしいような気持ち。ここで塁も練習を重ねていたのだ。

「……すいませんね、せっかく来てもらったのに」

トレーナーの原田《はらだ》さんがお茶を出してくれた。塁から何度も聞いていた「陣さん」だ。一見怖そうだけど、私を見る目はとても優しい。

「何も言ってなかったですか?」

「うん……」

「ちょっと様子が変だったとか、ないですか? どんなことでもいいんです」

正面に座っている会長さんが腕を組んだ。

「まあねえ……変といえばいつも変っていうか、もともと根無し草みたいなとこのある奴だったから」

「でも、頑張ればチャンピオンになれるかもしれなかったんですよね? そんなときに急にいなくなるなんて」

うーん、と会長さんは考えこむ。わからなくて困ってる素振りだけれど、実は言えない事情があるんじゃないか。そう思えてならない。

「……持ちものが、全部なくなってたんです」

「……」

「身元が証明できないと探しようがないって、警察も取り合ってくれなくて」

陣さんを見た。深くうつむいていて表情が読めない。

彼らが何かを知っていて、なのに私に隠してるんだとしたら、それはやっぱり塁から釘を刺されてるからなんだろうか。

信じたくない。そんなの絶対、納得できない。

「……大丈夫」会長さんが言った。「あいつのことだ、きっとまたフラっと戻ってきますよ」

うなずくしかなかった。

会長さんから借りた手術費用を、塁は全額返したという。

それとは別に、私の口座にはびっくりするような額のお金が振りこまれていた。塁の気持ちだということは察せられるけど、どういうお金なんだろうと考えたら不安でしかない。

存在自体を消してしまうみたいに、塁は私の前からいなくなった。どういうつもりなんだろう。何を考えてそんなことしたんだろう。

思いめぐらせつつアパートに戻ると、玄関の前に大家さんが立っていた。

「ああ、お帰りなさい」

「こんにちは……」

「元気そうだね。目、すっかりよくなって」

人のよさそうな、眼鏡をかけたおじいさんだ。「ありがとうございます、おかげさまで」私は頭を下げる。

「よかったよかった……ねえ、そんなときなのに、ほんと申し訳ないんだけど」

「はい？」

「実はね、ここの土地、売ろうと思ってるんですよ」

私は口を開けて大家さんを見た。

「アパート、壊しちゃうんですか？」

「ええ。ごめんなさいね、アタシもこの歳なんで、そろそろ同居しないかって、息子夫婦に言われてましてて」

「……そうでしたか」

「今月……は無理でも、来月末くらいをめどにお引っ越し、お願いできませんか。彼氏とワンちゃんと一緒じゃあ、ここも狭いでしょ」

その彼氏が行方不明なんですとは言えなかった。いま私がここから動いたら、塁の帰ってくる場所がなくなってしまう。

でも、お世話になった大家さんを困らせるわけにはいかない。新しい部屋を決めると、もういちど陣さんに連絡し、もし塁が見つかったら新しい住所を教えてくれるよう頼んだ。

引っ越しの日は、皮肉なほどいい天気だった。

ひとり分の身の回り品なんて、まとめるとなったらあっという間だった。運送業者さんがどんどん荷物を運び出すのを、私はすくと一緒に階段に座り、ぼんやりながめていた。

四年近く住んでいた。見えるようになってからはひと月足らずだから、住み慣れているのに新鮮だった。古いし時には雨漏りもしたけど、大好きな部屋。塁が新しくしてくれた南向きの窓から、たっぷりと陽射しが入るリビング。段差をなくしたＤＩＹの完璧さをじかに見たときは、あらためて感動して泣きそうだった。あれらがすべてなくなってしまう。想像しただけで悲しすぎる。

「あれ、お引っ越しですか」

郵便の配達員さんが階段をのぼってきた。

「……はい」

「間に合ってよかった。お届けものです。えーと、柏木さん方、アントニオ？　篠崎塁さんに」

跳ぶように私は立ち上がった。受け取り、差出人欄を見る。

塁が子供時代を過ごした修道院の名が書かれていた。

宅配便の中身はオルゴールだった。手づくりらしい木製の、ふたにヒマワリの絵が彫られたオルゴール。

しばらく見つめてから、ふたを開けた。

流れだした音楽――『椰子の実』だった。

門を入っていくと、緑の芝生で子供たちが遊んでいた。

修道院に併設された児童養護施設。ここで暮らしているのはみんな、親と死に別れたり、なんらかの事情で親の養育を受けられなくなってしまった子たちだという。でも遊んでる様子だけを見たら、つらい事情を抱えているようには思えなかった。どの子もとっても明るくて元気そうだ。

そういえば墨が言ってた。自分はそんなじゃなかった、暗くて全然可愛くない子供だった気がする、と。

――でも、気がするだけなんだろうな。俺にもきっと楽しいことはあったはずなんだ。忘れちゃってるだけでさ。

彼に繋《つな》がる手がかり。残されているとすればもう、ここだけだ。案内されて庭を横切り、白い建物の中へと足を踏み入れる。独特の空気が漂っているようで緊張するのは、私に信仰がないからだろうか。

聖堂の中は静かで、西日がスポットライトのように射しこんでいた。

「お待たせしました」

深く穏やかな声がした。振り返ると、修道服に身を包んだ女のひとだった。

「初めまして。院長の松浦です」

「柏木明香里といいます」私は頭を下げた。

彼女は——シスター松浦は、私を見て微笑んだ。

「あなたが……」

「はい?」

「アントニオから話は聞いてました。大切なひとができたって」

「……そうですか」

「ここのことは知っていた?」

「はい。いつか連れてきてほしいって話してました」

必ず連れていくと塁も約束してくれたのだ。まさかひとりで、こんな形で来ることになるなんて。

そう、とシスターはつぶやいた。

「彼、言ってた。自分はあなたのそばにいる資格がないって」

驚いた。「どうして……」

「あなたは四年前、事故に遭ってしまった。それで目を」

「はい、でも」

「よかったわ、よくなって。アントニオも喜んでるでしょう。ずっと自分を責めてたから」

「責めてた……?」

シスターはいちど目を伏せた。

「お話ししますね。その事故のとき、アントニオはあなたのすぐそばにいたの」

「えっ」

「雪が降った、四年前のクリスマス」

「……」

「当時、彼はよくない仲間と一緒にいた。仲間っていうのも残念ながら、ここにいた子なんだけど……あのときビルから落ちて亡くなった坂本さん。彼を追い詰めていたのは、アントニオだったの」

人が燃えながら落ちてくる、悪夢のような光景を思いだしていた。

「彼はそのまま逮捕され、過失致死傷罪と詐欺罪とで三年五か月の実刑を受けた。重かったわね。証拠はないけど、仲間の分まで罪を被ったんでしょう」

呆然《ぼうぜん》と私は、シスターの顔を見返した。

やり場のない感情に、もみくちゃにされそうだ。

塁が自分を責めた気持ちは理解できる。当時の彼は、よくない仲間とよくないことをしていた。意志が弱かったり、考えるのをやめてしまっていた時期が、もしかしたらあったかもしれない。

でも、シスターはおっしゃってた。彼はちゃんと罪を償ったのだと。

両親が死んでしまったのも私の目が見えなくなったのも、塁のせいじゃない。ふたつの事故が重なった原因は、ひとえに私の不注意だ。

なのに塁は、自分だけ悪者にして。

何かとてつもない犠牲を払ってお金をつくり、私を手術にまで導き、この先の暮らしまで助けてくれようとした。

そして、消えてしまった。

ありがとうは言いたい。だけど、ぜんぶ間違ってる。


海は灰色。空もどんより曇っている。

ここで塁は話してくれた。お母さんとの別れ。小さな胸に宿った悲しみ。私にはとてもよくわかった。彼と私は同じだと思った。

そしてシーグラスをお守りにした。ふたりを繋げてくれるはずだったガラスの石。

どんな色をしていたのか、今となっては想像してみるしかできない。

すぐが隣で、くうん、と鳴いた。

ねえ、塁。

こんなんじゃどうしようもないよ。

あなたがいなかったら、すぐも私も迷子のままだよ。

それでも時間は進んでいく。新しい部屋に移った私は、新しい生活を始めなければならなかった。

塁が送ってくれたお金には、いっさい手をつけないことにした。いろいろ考えるとそのほうがいいはずだ。派遣会社に登録し、前と同じ通販会社のオペレーター業務に就いた。

昼は働き、夜と休日は陶器の製作にあてた。

作品づくりをしているあいだは、寂しさを少しだけ忘れることができた。見えなかったときのものに比べたら、今の完成品は形も使い勝手も格段にいい。もちろん、塁のいる部屋で手の感触だけでつくったマグカップやプレートは、どんなに不格好でもとても幸せそうに見えるのだけれど。

作品の数が増えていくにつれ、抱かせてもらった夢を現実にしたいという思いが強まった。小さな店を持つこと。実現させ、情報発信を続けていれば、それはいつか彼にも届くかもしれない。

心を決めたら、私の行動は早かった。

まずは手づくり市に作品を持ちこんだ。日常使いの食器をはじめ、インテリア小物やアクセサリーなどもつくって、手ごろな価格で販売した。

売れるときもあればそうでないときもあったけど、人と関われるのが嬉しくて、しばらくはあちこちのイベントに出かけていた。時には県外へも足を運んだ。主催者や他の作家と交流するうち縁が縁を呼び、こんなものをつくってほしいと注文を受けることもあった。

楽しいひとだねと、どこへ行っても言われた。一年が経とうかというころには、クラフト作家として一人前に名刺を持っていたりした。

でも、家に帰ればやっぱり、すくとふたりで迷子だった。

ある晩、ふと思い立った。帰ってきてくれないならつくってやる。塁の顔。見たことがなくても、この手は憶えてるんだから。

長い時間をかけて造形し、まぶたを閉じた。じかに目にしていては感じられなかったはずのもの。光のなかにいては戻らない記憶。

つくっては目を閉じ、また目を開けてつくりなおす。

涙が出た。

なぜできないんだろう。あんなに何度も触れたはずなのに。

悲しみはじっと抱いていると、小さく透明になって心におさまる。

両親を失って盲目になったとき、私は毎日泣き続けた。でも時が過ぎるほど、涙を流すことは減っていった。悲しくなったわけじゃない。心が死んでしまわないよう、折り合いをつけるすべが無意識に身についたんだと思う。

今度も同じだった。迷子のまま、だんだん私は泣かなくなった。せっせと創作し、コミュニケーションを心がけ、店を持つための活動を続けた。日々ご飯を食べ、すぐと遊び、可笑《おか》しければ笑い、納得がいかなければ怒る。そんなふうに過ごせるようになっていった。

そしてとうとう、開業のチャンスがやって来た。

きっかけは、津《つ》ノ森《もり》恵子《けいこ》との出会いだった。恵子は都心のインテリアショップで働いていて、手づくり市に出していた私のカップ＆ソーサーを気に入り、店に置いてくれるようオーナーにかけあってくれた。彼女自身の言葉を借りれば、アーティスト・柏木明香里のファン第一号だ。

歳も近かったおかげで仲良くなり、半年くらいが過ぎたところで、共同経営の話を持ちかけられた。

「長年の目標だったんです。手づくりのオリジナル商品を主力にした店を開くのが」

恵子は言った。

「明香里さんが店長と商品製作を受け持ってくれたら、あとはぜんぶあたしがやります。任してください、必ず成功しますから！」

情熱しか頼るもののないアラサー女ふたり。無謀といえば無謀だったけれど、直感のようなものが働いて、「わかった。よろしく」と応えた。

そこから瞬く間に一年。驚くべきことに店は軌道に乗りつつある。

私は車の免許を再取得した。家から店まで品物を徒歩で運ぶのでは、時間と労力がかかりすぎる。事故の記憶がよぎるたび怖かったけれど、これも悲しみに慣れるのと似ているかもしれない。華麗なハンドルさばきとまではいかないものの、エンジンをかけるたび震えてしまうようなことはもうなくなっている。

「お待たせー」

ダンボールに詰めた一週間分の品を運び入れると、「おー」と恵子は笑った。

「間に合いましたねえ」

「完徹したよ」

「お疲れさまです。あ、マグカップ売り切れそうなんで、今月じゅうにあと二十、お願いします」

「エッ」

「エッじゃなくて。頑張ってくださいよー人気商品なんですから」

了解、と笑い返した。仲間がいて、仕事があって、自力で生活できるありがたさ。

「そろそろ新製品考えないとなあ」

「ですねえ。季節変わるし」

「そうだごめん、日曜日なんだけど、また店空けてもいいかな」

「はい。ボランティアですよね」

隅でおとなしくしていたすくが、恵子と私のあいだにそっと割り込むように入ってくる。この子も完全に大人だ。店の発展に間違いなく貢献してくれている、盲導犬ならぬ看板犬。


ほぼ毎週日曜、リハビリ専門病院でマッサージをさせてもらっている。目の手術を受ける前、手に職をつけようと始めた施術の勉強を、私は今も続けていた。

「気持ちいい？」

「うん！」

サッカーの試合で肘を骨折してしまったアキトくん。肘以外は過ぎるほど元気で、廊下をダッシュしては看護師さんに怒られているやんちゃな男の子だ。

マッサージは治療行為ではない。だから硬くなった筋をやわらかくしたりすることはできないが、リハビリを頑張っているなかでの癒しにはなる。優しくさすり、ゆっくりと曲げ伸ばしする。

「お、だいぶ動くようになってきた。若い子は回復が早いねえ」

「おねえさんだって若いよ」

「ありがとう」

最近の小学生はソツがない。三十過ぎた私を「おねえさん」呼びしてくれる。

「ねえ、おねえさん。マッサージしてるのにお金もらってないってほんと?」

「ほんとだよ」

「なんで?」

「そうだなあ、みんなの力になりたいって思ってるからかなあ」

「へえー、偉いね。素晴らしいココロザシだね」

そばにいた看護師さんが噴きだした。私も笑った。

院内ボランティアの存在を知ったのは、六年前の事故で入院していたときだ。

全身打撲と骨折、さらに目に障碍を負い、私は生きる意欲を失っていた。こんな身体で普通の生活なんてできるようにはならない。リハビリに力を入れることもせず、さぞ周りを困らせていただろうと思う。

ある日、病室にひとりの女性が入ってきた。患者さんたちに無償のアロママッサージをしているというひとだった。

初めまして、と彼女は言い、私の手に小さな瓶を握らせた。

「あなたのこと考えながらブレンドしてみたの」

そんなもの頼んだ覚えはないと私は思い、施術も受けなかった。ただ、彼女がいなくなってから瓶のふたを開けてみた。単純に気になったのだ。

爽やかだけれど落ち着いたハーブの香りが、ふわりと漂った。

嫌いじゃないかも。素直にそう思い、開けたまま前に置いていた。そうしたらだんだん気分がほぐれてくるのを感じた。誰かがそっとそばにいてくれるような安心感。カモミールとペパーミントのブレンドで、あとでわかったが、母が愛用していた香水に近い香りだったのだ。

翌日、再び現れた彼女は、そのアロマオイルを使ってハンドマッサージをしてくれた。私にとっては初めての経験で、何がいいのかよくわからなかった。でも、やってもらっていくうちに実感した。人が人に触れると、そこには力が生まれる。香りを合わせることで効果が倍増し、心身の疲れを軽減してくれるのだ。

いつしか私は、彼女が来てくれるのを心待ちにするようになった。聞けば彼女は過去に大病を患っており、先の見えない不安に苛《さいな》まれていたとき、友だちにしてもらったアロママッサージに救われた経験があるのだという。

「痛いのも苦しいのも、ずっと続いてるともう、やってらんない！　ってなるでしょう？　そういうのを、ちょっとでもましにするお手伝いができたらなあと思って」

患者さんの心が安らげば、よりよい治療環境が整う。病気の素《もと》を取ったり折れた骨をくっつけたりすることはできなくても、苦しさや痛みだけなら少しは軽くしてあげられる。いま私がボランティアをやっているのは、言うなればあのときの恩返しだ。

アキトくんのマッサージが終わり、次はサイトウさんのいる二人部屋へ行った。七十五歳のサイトウさんは、散歩中の転倒による肩と脚の骨折でリハビリをしている。

「こんにちはー、具合どうですか？」

入っていきながら挨拶すると、サイトウさんは「いいわけねえよぉ」とベッドの上から手を振った。

「もう、身体じゅう痛くってしょうがねえや」

「声出てるし。元気じゃないですか」

私は笑い、持参したお湯呑を床頭台に置いた。

「何これ」

「お約束してたやつ、つくってきました」

「ええ？ ほんとにあんたがつくったの？」

「そうですよ。ていうか、こっちが本職です」

「驚いたな。職人がつくったみたいじゃねえか」

「だから職人なんですって」横になったサイトウさんにマッサージを始めた。「駅前で店もやってます。退院したら買いに来てくださいね、必ずですよ」

「へいへい。あー……いいねえ、気持ちいいや」

そう言ってもらえるのがいちばん嬉しい。手を使いながら私は、もう一名の患者さんのほうを見た。看護師さんによれば、本院の整形外科から先週移ってきた人だ。かなりの重傷で治療が長かったらしい。

なんとなく壁を立てているような雰囲気がある。サイトウさんのマッサージを終えると、静かにベッド横へ近づいた。

若い男性。じっと天井を見て動かない。

「こんにちは。ボランティアの柏木です」

「………」

「……あの」

「しゃべれねえみたいだよ」サイトウさんが言った。

私は振り向いた。

「こないだから何度か声かけてみたけどさ、聞こえてんだか聞こえてねえんだか、ひとつ言も口きかねえんだ」

サイトウさんたら、本人のいる前で……じゃあ聴覚障碍ってこと？　そんな話は聞いてないけど……。

「マッサージさせていただいても、いいですか?」

少し間をおいてみる。とくに拒まれている感じはないので、脚から施術を始めた。

「痛かったりしたら、教えてくださいね」

言いながら顔を見たら、彼もこちらを見ていた。

視線はそらされなかった。戸惑いつつも私は笑いかけてみた。そうしたら彼の目が赤くなり、みるみる目尻に涙が溜まってきた。

「えっ……」

何か尋ねるより早く、目は閉ざされた。

気持ちよくて泣いたというわけではなかったような。経験のないことで戸惑ったけれど、ここでやめるのもよくない気がする。

「……うつ伏せになれますか?」

彼は素直に背中を向けた。痩せているなりに筋肉がついていて、運動をやっていた人だなと察せられた。マッサージされたことで、自分の衰えを認識して泣いてしまったとか?

だとしたら、どんなにつらいことだろう。意思疎通ができればいいのだが、それはまだ先か。そっと背中に手をおいた。

瞬間、既視感をおぼえた。

心臓が跳ねあがった。まさか、と思い、ヘッドボードの名札を確認する。

高橋雄大《たかはしゆうだい》。

彼がかすかに身じろぎ、手を枕の下に入れた。

……気のせいか。判断を下し、施術を再開した。

マッサージを続けながら、その後も繰り返し「まさか」が浮かんでは消えた。でもほんとに「まさか」なら、手がもっと確信するはずだ。

彼はずっと枕に顔を押しつけていた。黙りあったままマッサージは終了し、私は彼の背中にブランケットをかけた。

「じゃあ、また来週」

「……………」

「リハビリ、大変だと思いますけど……無理せず頑張ってくださいね。きっとよくなりますから」

マッサージを続けるうち、少しずつ打ち解けられたらと思っていた。

でも次の日曜日、高橋雄大さんは病室にいなかった。事情があって別の病院に移ったということだった。

＊

――神さま。

ありがとうございます、神さま。

闇からようやく抜けだせた気がした。許された気がした。

元気な明香里。夢を叶えただけでなく、自分の力を他の誰かにも手渡して微笑んでる明香里。その姿をじかに見ることができるなんて。

選んだ道は間違ってなかった。明香里は悪い運命から完全に逃れ、彼女らしく明るく生きていてくれたのだ。

「いい子だろう」

隣のベッドからサイトウさんが声をかけてきた。

「それに気持ちいいだろ、あの子のマッサージ。あんなのアンタ、店で受けようと思ったらけっこうな金取られるぜ? 頑張って技ぁ身につけて、みんなにやってくれようってんだからなあ。天使みたいな子だよ。なあ?」

みたいじゃなくて天使なんです。胸のうちで応え、うつ伏せのまま泣いた。

タトゥー痕のついた手を枕の下から抜いた。ひろげた手のひらから、ガラスの石が転げでる。ふたりを会わせてくれた、青い海の色のシーグラス。

明香里とまた会って、他人のふりを続ける自信はとてもなかった。考えた末、担当医にセカンドオピニオンを希望した。走れるようになりたい、無理だと言われて一度は納得したけれど、やっぱりあきらめきれないのだと。急な俺の願いを担当医は聞き入れ、別の病院へ紹介状を書いてくれた。

無理なことはもちろん、自分でよくわかっていた。転院先でも医者の意見は同じだった。走るどころか、補助具なしで歩けるようになるかどうかもわからない。長い車いす生活を過ごし、やっと松葉杖での移動が可能になったのは、半年以上が過ぎた夏だった。

ウロボロスからの制裁によって半殺しにされた俺は、通行人の119番によって病院に搬送された。意識が戻ってからもしばらくは思考があやふやで、自分の名前すら答えることができなかった。

最初はほんとにそうだったのだが、途中からはそういう芝居をしていた。非合法の地下格闘技に出場し、それで得た金を明香里と坂本麻衣子さんに送った自分。事実を名前からたどられたら、彼女たちに大変な影響が及んでしまう。

困った病院が相談したらしく、役所の職員が面会に来た。その人は俺に、顔写真を警察に送って検索にかければ身元がわかるかもしれないと提案した。とんでもない、犯歴で引っかかる。具合の悪いフリで拒絶した。

身元不明で金も持ってないケガ人なんて、迷惑どころの騒ぎじゃなかっただろう。悪いとは思ったけれど、病院に入ってしまった以上、俺に残された選択肢はふたつしかなかった。誰でもない人間のままでいるか、死んでしまうか。死ねたらいちばん簡単だったのだ。半端な刺しかたをしたウロボロスの誰か——たぶん久慈だ——がつくづく恨めしかった。

とりあえず生活保護がおりることになり、治療を続けつつ脳外科で精密検査も受けさせられた。結果は当然異常なし。そんなことをしているあいだにも、いろんな組織からいろんな人がやって来て俺に調査を勧めた。どうしても身元がわからなければ、新しく戸籍に記載する手続きだってあると言われた。

罪の意識が日増しに強くなった。嘘をついているのが申し訳ない。そもそもつき続けるのにも限界があるはずだ。調査を拒否するのはつまり何かやばいことに関わっているからだと、疑われはじめるのも時間の問題だ……。

役所の職員にケースワーカー、NPO法人、弁護士……親切な人びとを拒み続けた俺の前に、最後に宮崎さんという女性が現れた。彼女はチャプレン——教会や寺院に属さず、病院などの組織で働いている聖職者だった。

俺の枕もとに、宮崎さんはただ座っていた。何も話さないまま、しばらくすると立ち上がって帰っていった。そんなことを繰り返し、何日めかに神父を連れてきた。

神父は宮崎さんと違ってよくしゃべった。一方通行の、ほんとにどうでもいいような世間話だ。天気のこととか読んだ本のこととか、日曜学校に来る子供たちのこととか。短いあいだ勝手にしゃべっては、「では、また明日」と腰を上げる。

心を開かせる作戦なのだということはわかっていた。毎日来られるのがしんどくなって、一週間が過ぎたとき、俺はひと言だけ口をきいた。

「何も話したくないんです」

神父は俺の顔をしばらく見ていた。

「そうですか」

「………」

「わかりました。でもね、いつかは話せる時がきます。急ぐことはない。私の知る限り、一生黙ったままの人なんていませんから」

大丈夫、と笑って、神父は立ち上がった。

翌日、神父が俺の身元引受人になることを申し出たと知った。坂本の件で服役したときには、シスターが刑務所まで迎えに来てくれた。短いあいだに俺は二度も聖職者に救われたことになる。

高橋雄大という名前も神父から与えられたものだ。高橋は神父の苗字で、下の名は神父が考えてくれた。そうして俺は世間の人たちと同じように、病院で治療を受け、リハビリをさせてもらい、自分のことを自分でやれるくらいにまで回復できた。退院後は教会に隣接した会館の管理人室で寝起きし、あまり役には立ててないが、掃除や施設内の修理を手伝っている。

このまま世話になり続けるわけにはいかない。いつかは俺も口を開いて、真実を話さなければならない。

その日、病院の待合室で雑誌を見ていたら、いきなり明香里の顔が現れた。

彼女が経営する店の紹介だった。「低価格ながら優れたデザインの手づくり陶器が人気」とあり、明香里と同僚の女性が笑顔で店前に立っている写真が載っていた。彼女たちの足もとには、ゴールデン・レトリバーが行儀よく座っている。

写真の説明文にはこう書かれていた。「店長で作り手の柏木明香里さんと従業員の津ノ森恵子さん。看板犬の〝すく〟くん」。

店の屋号を見て、泣きそうになった。

――『Ａｎｔｏｎｉｏ』。

＊

「じゃあ、ハニーマスタードチキンサンドとアイスティーね?」

「はい。あ、すいません。カタルーニャプリンも追加で」

「かしこまりー。すく、行くよー」

尻尾を振って近づいてくるすくにリードをつけ、店を出る。セールストークにかけては恵子のほうが数段上級。なのでランチ調達係はたいがい私だ。

外はすっかり夏の陽射しだった。

こうして街中を歩いたりすると、まだときどき不思議な気持ちにとらわれる。杖も点字も要らなくなった自分。赤信号を見て立ち止まり、緑になったのを確認して歩きだしている自分。視力を取り戻し、新しいことを始めて、障碍者だった私を知っている人は、今や周囲にほとんどいない。

とてもありがたいのと同時に、こうしているのは誰のおかげかと考えると、とたんに胸が苦しくなる。忙しさに紛れて思いだすことは減った。でも、日に一度は必ず考える。彼は今、どこで何をしてるんだろう?

店がうまくいきはじめて、ぽつぽつと取材のオファーがくるようになった。すべて喜んで受けているのは、宣伝のためであるのはもちろんだが、塁が見てくれるんじゃないかという期待があるからだ。けれどあれだけ完璧に消えたのが彼のほんとの意思なら、何を見ようと決意は変わらないのかもしれない。

……だめだめ、悪いほうへ考えちゃ。元気を出して歩調を速め、テイクアウト専門のサンドイッチ店に到着した。

「いらっしゃいませー」顔なじみの店員さんが笑顔を見せてくれる。

「どうもー……ええと、ハニーマスタードチキンと……あれっ」

あちこち探って脱力した。財布がない。

「すいません財布置いてきちゃって……すぐ戻ってきますんで」

ときどきこういうヘマをやる。注文だけして急いで引き返した。

店の近くまで戻ってきたところで、突然すくが吠えはじめた。

「すく？」

通りすがりの人が見てくるほどの声だった。さらにリードが、尋常でない力で引っ張られる。

「やだ、どうしたの。やめなさい」

ひときわ強い力がかかり、手からリードが離れた。ここぞとばかりにすくは駆けだした。

「ちょ、すく！」

すっ飛んでいくのを追いかけた。犬の本気についていけるわけもなく、ずんずん距離をあけられてしまう。息を切らしながら私はまた、ああ走ってる、前を見て全速力で走ってる、と思い、不思議な気分になっていた。

角を曲がったところで愕然《がくぜん》とした。吠えるすくの前で人が倒れている。

まさか、飛びついて倒した？

「すく！」

ひと声叫び、私は走っていった。そばまで行って、再び愕然とする。倒れている男の人の横に転がっているもの……松葉杖だ。

「……ごめんなさい!!」

すくは相変わらず、尻尾をちぎれるくらい振りながら吠え続けている。軽く人だかりさえできそうな状況で、飼い主としては動揺してしまう。

「すく！　ほらこっち来る！」

リードを引き寄せ叱りつけた。

「申し訳ありません、うちの犬が……ケガはないですか？」

大丈夫です、というように男の人は首を振った。松葉杖を取り、地面に突き刺すみたいにしながら立ち上がって、バックパックを背負いなおす。

うつむいている顔を見て、はっとした。

「……もしかして」

「……」

「前に、病院でマッサージ……」

間違いない。あのときよりずっと元気そうで、身体も回復してるようだけど。無言のまま行こうとするのを「待って」と止めた。

「ほんとにすみませんでした、あの、おうちまでお送りしますから……」

一瞬、彼は笑ってみせた。もういちど首を振り、松葉杖をついて歩きだす。

すぐがまた吠えだした。

「こら、すく!」

器用に松葉杖を使い、どんどん遠くなっていく彼。その後ろ姿に向かって、すくは吠え続ける。

「すくってば! 怒るよ?」

どれだけ叱っても、すくは断固として吠えるのをやめなかった。

無理やり引っ張りながら店へ戻った。レジにいた恵子が顔を上げた。

「あれ、どうしたんですか」

「ごめん、財布忘れちゃって。すく！　もう、なんでそんな吠えるの！」

リードを壁のフックにかけると、ようやくおとなしくなった。それでも訴えるようなまなざしで、じっと私を見ている。

「ちょっとのあいだに売れましたよー」恵子は機嫌よく報告した。「金木犀ひと鉢とプレート四枚、マグカップワンペア」

「そうなんだ、ありがとう」

「いえいえ。……ところで店長、あの曲、そんなに感動しますかね」

「あの曲？」

恵子は、陳列棚の隅に飾ってあるオルゴールを指した。

「さっき来たお客さんがね、すっごい見てたんですよ」

「え？」

「あんまり見てるから、すいません売り物じゃないんですーって言ったら、勝手に近づいてって、ふた開けて」

「……」

「椰子の実、でしたっけ？　流れだしたら急に泣いちゃって」

すくがまた吠えだした。

「……恵子ちゃん」私はつぶやいた。「金木犀買ったのって、その泣いた人？」

「はい」

「松葉杖ついてた？」

「そうですけど」

「……」

「店長？」

オルゴールに近づく。手に取り、ふたを開ける。椰子の実。墨が消えたあと、修道院から届いたオルゴール。

……もしかして。

だからすくが、こんなに？

「店長？　どうしました？」

「……ごめん！」

私は店から飛びだした。

「店長!?」

「すぐをお願い！」


やっぱりそうだったのだ。

どうして。

どうしてあのとき、ちゃんと確かめなかったんだろう。

オルゴールを持ったまま、私は走った。さっき彼がいた、すぐに倒されていた場所まで来る。いない。いるわけがない。

また走りだす。涙があふれ、向かい風に飛ばされる。大切なもの。かけがえのないもの。ずっと探していた。やっと見つけたのに、なのに私は。

走り続けた。人波をかきわけ、見まわした。いない。彼は行ってしまった。ほんの一瞬笑って、それだけで、もうどこにもいない。
奪われるように力が抜け、私は地べたに座りこむ。
ねえ塁。
どうして行っちゃうの?
それがあなたの求めてること?
私は違うよ。
ずっとずっと、迷子のままなんだよ。
身体の底から噴きあげてくる、悲しみと泣き声。
塁。あなたを失いたくない。

*

明香里の好きな歌。いつの間にか俺も、気づくと歌ってるようになった。
歌うといってもメロディーだけだ。明治時代に書かれたという歌詞は、俺なんかには難しすぎるから。

一番の歌詞はだいたいこんな意味、と明香里が教えてくれた。――名前も知らない遠くの島から、椰子の実がひとつ流れてきた。ふるさとの岸を離れて、おまえはどれくらい波の上を漂ってたの?

もうじき陽が沈む。波が静かに行ったり来たりするだけで、椰子の実も何も流れてきそうにない。


これからどうするべきだろう。

神父は俺に、居場所と仕事を与えてくれた。俺の心に真っ暗な部分があることを知りながら、いつでも変わらない態度で、告白を急《せ》かしたりもしない。

だけど俺はありがたいと思ってるだけだ。これまでもずっとそうだった。知らないあいだに助けられていたのに、独りで生きてたつもりで実は全然独りじゃなかったのに、結局はみんなを悲しませ裏切るばかりだった。

静かな波が足もとを濡らす。ポケットの中のシーグラスを握りしめる。

あの日、母さんとここで死んでたら、明香里とは会えなかった。

あのとき刺されたまま発見されなかったら、明香里と再会はできなかった。

いつ死んだっていいと思いながら、それでも生きてたおかげで、俺の世界は何度も彼女の世界と交わった。とても嬉しかったけど、彼女がいま幸せなのはやっぱり、俺と離れたからだろう。

近づけばまた、悲しいことが起きるだけだ。

明香里は俺を忘れてはいない。店に俺の名をつけて、いつ帰ってきてもいいと伝えてくれてる。いつか結婚して子供ができたら、「こんな人がいたんだよ」と話したりするのかもしれない。最高だ。もう充分伝わった。分かれた道はどんどん離れる。忘れなくても思いださないようになる。

どこかへ行こう。今の場所は出よう。

真実を話さないまま神父のもとにいるのは、また裏切りだ。

今度こそ独りで生きよう。誰でもない人間なんて、きっとこの世にいくらでもいるんだから。

心が決まったら楽になった。同時に、胸のなかに冷たいものがおりてきたような気がした。

どうした。おまえらしくないぞ、アントニオ。

ポケットからシーグラスを取りだした。明香里の部屋を去るとき、たったひとつ手もとに残したもの。これさえあれば記憶は消えない。どんなひどい境遇になっても、明香里の笑顔を思って生きていける。

風が吹いた。

なぜそんなことになったのかわからない。決して軽くないガラスの石が、手のひらから滑った。砂の上にぽとんと落ち、かがんで拾おうとしたら、一瞬早く波にさらわれた。

「……えっ」

慌てて水の中へ踏み入った。目を凝らしたが、どこにも見えない。

松葉杖を投げだした。膝をつき、必死に探した。ない。どこにもない。探しても探しても、摑めるのは砂ばかりだ。

気づかないふりをしていた感情が、腹の底から突きあがってくる。世界でたったひとり生き残ったみたいな、恐ろしい孤独感に叫びだしたくなる。

わかってる。ほんとの俺は、こんなにも弱い。

……だったら。

だったらいっそ、このまま。

——塁。

誰かが呼んだ。

もう誰も口にしなくなった、自分でも忘れてた名前。幻聴か。ついにおかしくなったか。寄せてきた波が顔まで濡らして、ずぶずぶ沈んでいきそうになる。

「塁!」

「………」

「塁!!」

振り返った。

砂浜の向こうに水色のミニバンが停まっていた。

その横に立って、こっちを見てる女。

明香里だった。

「塁」

「……………」

「ここじゃないよ。塁の帰る場所」

どうして。なぜ彼女が。夢だか現実だかわからず、ダムが決壊したみたいに涙が流れだす。

明香里は泣いていなかった。むしろ怒った顔をしていた。歩みを邪魔する砂にまで腹を立ててるみたいに、どすどすと大きな歩幅で近づいてくる。

俺はただ、その姿を見ていた。

「うちに帰ろう」

そばへ来て、明香里は俺を見おろした。

「帰ろう」

強く腕を捉えられる。思わず俺は振りほどいた。

「塁」

「……だめだよ」

「何が？」

「俺といたら、明香里は」

「不幸になる？」

「……」

「何それ。超能力？　周りの人みんな不幸にするなんて、そんなことできる人間いるわけないじゃない」

「でも」

「いいかげんにして」明香里は声を張った。「少しは私の言うこと聞いて」

もういちど腕をとられた。

「塁といたいの」

「……」

「大変なことがあったとしても、私は塁と一緒がいいの」

小さな手が、軽々と俺を立たせる。

「一緒に帰ろう」

「……………」

「ずっとふたりでいよう」

かすみっぱなしの視界が、だんだんと晴れはじめる。薄暗い夢からゆっくり覚めていくみたいに。

彼女の肩越しに、水色のミニバンを見た。

「あの車、明香里の……」

「そうだよ。あれでどこへでも行く。大事故のトラウマもなんのその」

「……すごいな」

「でしょ」明香里は微笑んだ。「私、強いの。だから心配なんかしなくていい」

「明香里」

「私の目を見て」

明香里の瞳。見えていないのにどうしてそんなにと思うほど、澄みきっていた瞳。

今は、もっと澄んでいた。深く、強く、静かに。俺のなかで凍っていた愚かさを溶かすように。

「……ただいま」

いちばん言いたかった言葉を心の奥底から取りだした。そのとき初めて、彼女の瞳から涙がこぼれた。

「おかえり」明香里は言った。

抱きしめた。抱きしめられた。

ひとつになって波の音に包まれる。

世界は重なった。もう絶対に離れない。

今日からふたりだ。

ずっとふたりで歩いていくのだ。

この物語はフィクションです。作中に同一の名称があった場合でも、実在する人物・団体等とは一切関係ありません。

ノベライズ
沢木まひろ
Mahiro Sawaki
1965年、東京都生まれ。青山学院大学文学部日本文学科卒業。2006年『But Beautiful』で第１回ダ・ヴィンチ文学賞優秀賞を受賞、2012年『最後の恋をあなたと』（のちに宝島社文庫『ビター・スウィート・ビター』）で第７回日本ラブストーリー大賞を受賞。主な著書に「44歳、部長女子。」シリーズ、『二十歳の君がいた世界』（ともに宝島社文庫）など。

脚本
登米裕一
Yuichi Toyone
1980年、島根県生まれ。大阪府立大学在学中に演劇ユニット・キリンバズウカを立ち上げ、脚本・演出を担当。脚本家としてドラマ、映画、舞台と幅広く活動。最近の主な作品に映画「チア男子!!」、「くちびるに歌を」、連続ドラマ「人生が楽しくなる幸せの法則」、「僕の初恋をキミに捧ぐ」（スピンオフ）、「おかしの家」など。

宝島社
文庫

きみの瞳が問いかけている
(きみのめがといかけている)

2020年9月18日　第1刷発行

著者　沢木まひろ
脚本　登米裕一
発行人　蓮見清一
発行所　株式会社 宝島社
〒102-8388　東京都千代田区一番町25番地
電話:営業 03(3234)4621/編集 03(3239)0599
https://tkj.jp
印刷・製本　株式会社廣済堂

Printed in Japan
ISBN 978-4-299-00809-1

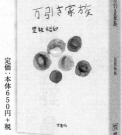

宝島社文庫　好評既刊

宝島社文庫

猫のお告げは樹の下で

青山美智子

失恋のショックから立ち直れないミハルは、ふと立ち寄った神社にいた猫から「ニシムキ」と書かれた葉っぱを授かる。宮司さんから「その〝お告げ〟を大事にした方が良い」と言われ、「西向き」のマンションを買った少し苦手なおばを訪ねるが……。猫のお告げが導く、7つのやさしい物語。

定価：本体700円＋税